D1329687

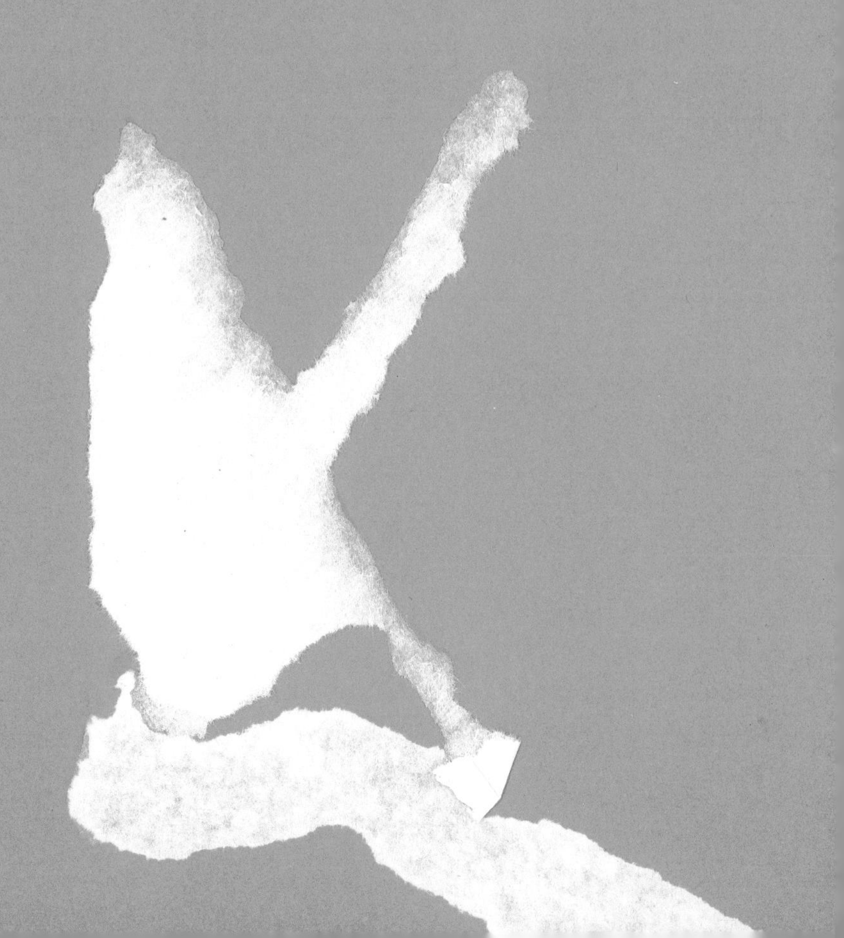

EL PIE DE MI PADRE

Autores Españoles e Iberoamericanos

ZOÉ VALDÉS

EL PIE DE MI PADRE

Còrsega, 273-279, 08008 Barcelona (España)

Primera edición: enero de 2002

Depósito Legal: M. 51.257-2001

ISBN 84-08-04213-0

Composición: Fotocomp/4, S. A.

Impresión y encuadernación: Mateu Cromo Artes Gráficas, S. A.

Printed in Spain - Impreso en España

A Pipo

EL AMIGO PAYASO

Ella se hallaba escondida debajo de la cama de la tía Primor. Allí jugaba a que era una mariposa atrapada dentro de un jamo. Los pulmones le dolían, hinchados de mocos, a causa de una bronquitis mal atendida. Era la época en que vivían en casa de tía Primor.

Entretanto, tía Primor pintaba las uñas de una de sus clientas en la sala del apartamento desde donde se podía ver el cuarto. Unas uñas muy largas y limadas en forma puntiaguda estaban siendo esmaltadas en escandaloso dorado.

En el comedor, Buba o Romana la Cariñosa, la abuela materna, se balanceaba en el sillón con los ojos clavados en el techo, mientras abanicaba su escote quejándose del intenso calor:

—¡Carijo, una se derrite con estos fogajes!

La madre hervía ropa blanca en el patio pensando en las musarañas.

Alma Desamparada jugaba a ser una mariposa moribunda, batallando por conseguir huir de aquel jamo en el cual sus alas habían quedado enganchadas.

Asomó el rostro por un filo, entre la cama y el suelo. La clienta cruzó su vista con la de ella, e hizo un mohín de menosprecio.

—Veo una cosa muy parecida a una niña debajo de tu cama, Primor. No sabía que tenías una hija.

—Lo mío es un hijo varón. Ésa es la hija de mi hermana.

—No sabía que ustedes tenían prole.

Tía Primor se encogió de hombros. La clienta prosiguió:

—¿Tu hermana es casada?

—¿Es de vida o muerte averiguarlo?

—¡Oh, no, simple curiosidad! A esta hora la chiquilla debería estar en la escuela... —señaló con socarronería.

—Está enferma, o fingió estarlo para no ir. No le gusta el colegio. Hay que obligarla, llora mucho... No es una niña fácil.

Alma Desamparada salió de debajo de la cama y enfiló por el corredor hacia el comedor; allí, otra vez imitando a la mariposa, hizo ademán de revolotear molestando a su abuela, quien la espantó de un manotazo:

—¡Fuera, quita!

Por el contrario, la niña se aproximó a la anciana y besándole la mejilla inquirió con ñoñería:

—Buba, di, ¿quién es mi papá?

—¡Ah, eso otra vez! Ya te recontrarrepetí; a ti te hallamos en un latón de basura, buscábamos ropa usada, y en mala hora te recogimos. ¡Eres un fastidio!

Alma Desamparada se tiró en las losetas frías del piso a revolcarse de sufrimiento.

Desde la sala tía Primor alzó la voz:

—¡No, no fue en el latón de la basura, te equivocas, Buba! ¡La dejaron en un cesto delante de la puerta, y fuimos tan recomemierdas que, apiadándonos de ella, la adoptamos!

La niña arrojó el vómito del perro que había tenido que lamer en la acera para no morirse de hambre.

Su madre apareció por la puerta de entre la cocina y el patio. Viendo el estado en que se encontraba su hija plantó la batea encima del aparador y fue a socorrerla acurrucándola en sus brazos:

—Basta, basta. Cálmate, caramba, qué vejiga más histérica.

—¿A quién iba a salir si no? El retrato cagado de su madre, ja, ji, jo —rió, prosaica, tía Primor.

Tía Primor cobró a la clienta, quien le dejó una propina miserable, veinte centavos. Tampoco ella se había esmerado, había picoteado los dedos de la exuberante rubia al cortarle las cutículas con el alicate hasta hacerla sangrar.

—Espero que hayas mandado a tu hijo a la escuela. ¿Conozco al padre del chiquillo?

—Un guagüero de la ruta 82.

Ni la clienta ni tía Primor podían sospechar que mientras mantenían aquella conversación el primo Ratero robaba un refrigerador en casa de la clienta. Se despidieron turbadas, una por enterarse de que su manicura había tenido un hijo, nada más y nada menos que con un guagüero de la ruta 82. ¡Con lo mala que estaba esa guagua! Y la otra por haber sido abatida por un malsano presentimiento. La oxigenada despampanante, pero ya madura —casi podrida— de edad, se encaminó en dirección a la casa de su amante: otro guagüero, pero de la ruta 27, un transporte más prestigioso.

Más animada y en espera de los consentimientos que nunca llegaron por parte de aquellas mujeres que eran su familia, Alma Desamparada optó por apaciguarse, se fue al cuarto, hurgó en el escaparate y encontró un disfraz. Se lo puso. Sonrió.

En el espejo podía adivinar a su interlocutor y confidente. El único que le decía la verdad. El payaso.

—Hola, cariño. Tu padre es un mago. Ha decidido desaparecer por un tiempo. Un día lo hallarás dentro de la cafetera, o en el cofre donde tu abuela guarda las joyas falsas. Gracias a un pase de magia seguramente se habrá transformado en hombre minúsculo, o en el hombre invisible.

El payaso consolaba a Alma Desamparada.

Las tres mujeres escucharon atentas el monólogo y movieron la cabeza de un lado a otro, mirándose resignadas con aquel caso sin remedio. Otra vez esa estúpida loquita inventándose personajes, hablándole a los fantasmas. Una mujercita más, sin un próspero futuro.

—A ver, Alma Desamparada, ¿por qué no has querido ir a la escuela? —preguntó el payaso.

—Hoy tocaba explicar la profesión u oficio de los padres. No tengo nada que contar de los míos —contestó la niña, desdoblándose y regresando a su personalidad.

—Bueno, digamos... No hay que inquietarse por esa minucia, yo te ayudaré. Mañana vuelves a la escuela y les cuentas quiénes son tus padres. Veremos, se me ocurre... En este momento no se me ocurre nada, pero en caso de que me viniera a la mente algo interesante te lo adelantaría, déjame pensar...

Así estuvo el resto del día Alma Desamparada, paliqueando con el payaso; hasta que el primo Ratero llegó cargando un televisor que había cambiado por el refrigerador robado en casa de la clienta de tía Primor.

Primo Ratero mintió, asegurando que era un regalo de su padre, el guagüero de la ruta 82. A tía Primor le brillaron los ojos de tiernas lágrimas; finalmente aquel hombre tenía un detalle con su hijo.

Abuela Buba, como la llamaba su nieta, y como todos ya le decían, no creyó ni media papa de aquello; entonces, para no verse obligada a opinar decidió bajar a la Alameda a ver si corría una pizca de brisa.

Mamá Consuelo se puso a cocinar un gato. Ella no sabía que aquella carne que adobaba con tanto esmero era proteína de felino; la vecina de los bajos se lo había vendido como conejo, es decir, que le había vendido gato por liebre, en el más estricto sentido de la frase.

El primo Ratero era un experto en conectar televisores pese a su corta edad, doce años. Alma Desamparada no tuvo tiempo de envidiar la buena acción del padre de su primo. Al rato ya estaban viendo los muñequitos de «Betty Boop».

De la cacerola emanó un extraño olor a arrabales. Daba igual; las bocas se hicieron agua. De súbito a su madre le dio otro ataque epiléptico, los ojos virados en blanco, la lengua retorcida, hecha un nudo; escupía sangre. Buba se tiró junto a ella para socorrerla; empezó por halarle la lengua con toda su fuerza hasta que se la enderezó. La mujer volvió en sí, pero entonces se irguió, corrió a la cocina, cogió un cuchillo y se tasajeó las venas de las muñecas, luego le fue para arriba a su hija y la apuñaló con cuatro cuchilladas en el pecho huesudo y abombado de paloma mensajera.

UN ELEFANTE SE BALANCEABA...

Un elefante se balanceaba
sobre la tela de una araña,
como veían que resistía,
fueron a buscar otro elefante.
Dos elefantes se balanceaban...

Madre e hija se salvaron porque «bichos malos nunca mueren», decía su abuela mientras masticaba el cabo ensalivado de un tabaco. A Alma Desamparada le quedó como secuela un dolor inmenso en el pecho, como el peso de una piedra aplastándola. Aquella mañana era de color anaranjado, los ventanales de los edificios rutilaban como cortezas de mandarinas, hacía fresco en comparación con el ardiente calor habitual; corría el mes de enero. La abuela de Alma Desamparada había contado a la nieta que, en el tiempo de antes, todos los seis de enero los Reyes Magos visitaban a los niños de algunas partes del mundo y les dejaban juguetes de regalo, pero que desde hacía algún tiempo la situación había cambiado.

—¿Juguete? ¿Qué es un juguete? —preguntó Alma Desamparada.

—¡Verdad, que tú ni siquiera sabes lo que es eso! Un juguete es una cosa para que los niños se entretengan jugando... Ay, Dios, no sé explicarlo... Te prometo que un día te compraré un juguete.

Alma Desamparada escudriñó el rostro de la mujer, la mejilla surcada por arrugas de sufrimiento. La niña se encogió de hombros, indiferente. El pecho se le resintió:

—Abuela, no quiero ir a la escuela; vamos, embúllate, escapémonos a la playa.

—Ni borracha; usted va a la escuela o yo me quito el nombre.

Romana la Cariñosa o Buba condujo a la nieta hasta el mismo pupitre donde le tocaba estudiar a Alma Desamparada; asegurándose de que no escaparía, la anudó por la cintura con una soga bien gruesa, idéntica a la que se utiliza para amarrar las anclas de los barcos a puerto seguro. Y no se fue hasta que la maestra hizo su entrada.

La maestra llegó canturreando, cargada con una pila de libros, debajo del brazo un rollo de láminas a color. Sonreía animada mientras pasaba su mirada por los rostros de sus alumnos. Sólo se puso seria cuando descubrió la cara temerosa de Alma Desamparada:

—Ayer faltaste de nuevo, al final de la clase hablaremos, no aprenderás a leer nunca si sigues con tantas ausencias —amenazó, señalando a la alumna con el puntero.

Hubo los habituales comentarios y risitas. Para la niña, como para cualquier niño, ser señalada en público por sus defectos o faltas era terrible. Al punto se puso a elucubrar una explicación o una fuga; prefería la última opción. No podía saltar por la ventana, se hallaba en un tercer piso y podía matarse. Además, estaba amarrada. Probablemente a la hora del recreo lograría escabullirse en medio de la confusión de la numerosa cantidad de alumnos correteando en el patio. Antes tendría que zafarse. Aunque la puerta estaría cerrada, ella la forzaría. El primo Ratero había estado enseñándole a abrir cerraduras con pedazos de cartón, o con cuchillas.

—Continuaremos hoy hablando de la profesión de los padres. A ver, Dulce, ¿a qué se dedican tus padres?

—Mi padre es dentista, y mi madre es pediatra. Estudiaron afuera.

—Dos bellas profesiones, te felicito. Supongo que cepillas tus dientes cada noche antes de acostarte. Tu papá te habrá enseñado lo importante que es cuidar de la dentadura.

—Es mamá quien me obliga, señorita.

La maestra clavó sus pupilas en aquella otra niña pálida que desviaba la vista hacia la cortina verde ornamentada con dibujos de sombrillas de múltiples colores, fingiendo distracción.

Ella sabía que iría a ser nuevamente señalada con el puntero. Sospechaba que la interrogarían. Cerró los ojos con fuerza, apretó los dientes, como cuando el médico pasaba el algodón frío de alcohol por su nalga y le inyectaba tetraciclina para combatir una feroz amigdalitis.

—Alma Desamparada, mírame, hablo contigo... Cuéntame de la profesión de tus padres, a quienes, dicho sea de paso, veo bien poco por la escuela. Siempre es tu abuela la que te trae y te lleva. Deben de ser padres muy atareados... ¿Estoy en lo cierto, o no?

La niña tragó en seco, llamó a su amigo, el payaso, con lo que ella creía que era toda la fuerza de su mente, con el pensamiento. Él no apareció, ni siquiera de forma invisible, para los demás, y visible para ella, como solía ocurrir.

—Mi madre fue bailarina —mintió a medias. Su madre era realmente guarachera de Regla, comparsera en tiempos de carnaval.

—¡Qué increíble! Abunda, niña, en el tema. ¿Clásica, popular, de danza moderna, de cabaret?

—Clásica. Ahora es profesora de ballet. —Sabía que esa respuesta otorgaría mayores privilegios.

—¡Oh, no sabía nada! Seguro estás acostumbrada a ir al ballet y habrás visto *Giselle*.

Ella asintió con la cabeza. Las manos de la niña sudaron, seguro que vendría la pregunta fatal.

—Muy bien, Alma Desamparada, pediré a tu abuela que me avise cuando actúen los alumnos de tu madre... ¿Y tu papá? ¿Cuál es la profesión, u oficio, de tu padre?

Por varios segundos la mente quedó en blanco, ensimismada en sus emociones. ¿Quién era esa atrevida mujer que preguntaba sobre su intimidad? ¿Qué le confería ese derecho? ¿Quién era ella, su yo? Tal vez de verdad había sido hallada de casualidad en un latón de basura, o una mano impía la había abandonado en una cesta a la puerta de la casa donde ahora, y siempre, vivió. Tal vez su madre no era su madre, ni su abuela ni su tía eran nada de ella. Ni tan siquiera ella era ella misma. Fue cuestión de segundos; el payaso traslució su imagen filigranada en oro en el pizarrón, visible para ella en exclusivo. Más animada, respondió:

—Mi padre es astronauta.

—¡No puedo creerlo! —chilló de entusiasmo la señorita Chavela—. Eres la primera persona que conozco que tiene un padre astronauta. ¡Debe de ser delicioso que te haga partícipe de sus aventuras por los planetas!

—Hablamos poco, por teléfono, él está en Marte, investigando.

—Oh, oh, oh… —La señorita sospechó, pero continuó, entre atribulada y crédula—. ¿Es cubano tu papá?

Alma Desamparada titubeó, luego respondió con firmeza:

—Es ruso.

—Ah, Aaah… ¿Tu papá no se llama Ramón Valdivieso Loveira? Raro nombre para un ruso… —afirmó, suspicaz, la señorita Chavela después de revisar la lista de padres.

La niña reprobó la mirada del payaso, sospechaba que a la larga aquel invento no convendría.

—Cambió su nombre, señorita —se apresuró a informar—. Antes era Sergueï… Sergueï Estouvchenko.

Pronunció mal el apellido, sin duda, pero ese nombre lo había descubierto en un libro que leía una clienta de su tía mientras soportaba que le desangraran los dedos, digo, que le hicieran la manicura de los pies.

—Estuche, ¿qué? Ese apellido me es familiar… —reconoció, dudosa—. Bien, prosigamos, ¡caray, un astronauta!

Aquel día y los siguientes fueron normales. Pasado el susto, Alma Desamparada no se ausentó de la escuela.

La señorita Chavela quedó asombrada y comentó el suceso con varios colegas. Ninguno creyó a la ingenua mujer, y aprovecharon para burlarse de ella a sus espaldas. «Esa chiquilla será mentirosa, pero esta maestra es una imbécil absoluta», murmuraban en grupos, donde era excluida.

Un sábado, Alma Desamparada y su madre habían salido a dar una vuelta por las tiendas. Iban refugiándose de un imprevisto aguacero por los portales de La Manzana de Gómez cuando se cruzaron con la señorita Chavela, quien acababa de terminar una reunión con el claustro de profesores.

Alma Desamparada la vio enfilar hacia ellas y viró la cara en dirección a una vitrina vacía, gesto que llamó la atención de su madre:

—¡Niña! ¿Estás quendi, qué es lo que miras donde no hay nada que mirar?

Esa frase hizo que la señorita Chavela despertara de su ensimismamiento y reparara en su alumna.

—¡Qué sorpresa tan agradable! ¿Qué tal, Almita? ¡Cuánta alegría saludarte! —Y dirigiéndose a la mujer—: ¿Es usted su nana?

La chiquilla había dicho a la maestra que esa semana su madre se hallaba de gira por París, acompañando a la escuela de ballet. Y por consecuencia la habían dejado al cuidado de una nana.

—¿Qué nana ni qué ocho cuartos? Soy su madre.

A la señorita Chavela le extrañó ver a una antigua bailarina tan pasada de peso, ancha de caderas, y de prominente fambá o trasero.

—Encantada, soy la maestra de su hija. —Tendió la mano con gesto amable sin dejar de observar a la niña, que ahora indagaba en los celajes mordiéndose los carrillos—. Entonces, hubo de suspender la gira.

—¿Qué gira? No sé de qué rayos me habla, perdone, pero tengo un día de tolete vira'o, salí a comprar telas para hacerme un traje de rumbera y no encontré nada apropiado, salvo lienzo, y eso no sirve ni para limpiarse el futete, por lo recio...

—Oh, qué torpeza la mía. No estaba al tanto de que las bailarinas tenían que confeccionarse sus propios trajes. Vengan, las invito a un cafecito... y tú tendrás derecho a un *frozzen* —señaló a la pequeña.

Las condujo hasta una pequeña cafetería, más repleta de beodos que de viciosos de la aromática bebida. Alma Desamparada hizo ademán de rechazar el amable gesto de su maestra, pero su madre le arremetió un pescozón.

—¡No seas arisca, pedazo de mula! Mírate en mi espejo, no me ha traído buena suerte ser tan yegua como soy.

La señorita Chavela sonrió, maliciosa.

—¿Y su esposo, ya bajó de Marte?

Mamá Consuelo reaccionó extrañada para en seguida partirse de la risa.

—¡Ay, usted sí que es ocurrente! ¡En Marte! ¿Se refiere al planeta? ¡Ja, ji, ja, jo, ja! ¡Es lo más cómico que he oído!... Pues sí, por allá arriba debe de andar, el muy cínico...

—Perdone, no le veo la gracia. Es que mi alumna, su hija, nos ha dicho a todos que usted era bailarina clásica, y su esposo, astronauta.

Una nube negra y espesa descendió, acaparando las aceras, las calles y las avenidas. Fenómeno que aprovechó Alma Desamparada para desprenderse de la mano de la madre y echar a correr.

—¡Mentira, cacho de mentirosa, la muy hija de su padre!

—Déjela, no tiene importancia.

El nubarrón cegó a ambas mujeres y a los transeúntes. Alma Desamparada fue a refugiarse debajo de una escalera en el primer edificio que encontró. Sus lágrimas se confundieron con las gotas enfangadas de lluvia que se encharcaron en los poros abiertos del rostro.

Después del incidente, tía Primor aconsejó a su hermana que cambiara a su sobrina de escuela, para que ninguna de ellas se sintiera abochornada por la enorme guanábana, es decir, embuste, que había metido la niña.

Por más que luchó la señorita Chavela para que

dejaran a Alma Desamparada a su cuidado, pues ella había comprendido el trauma de la niña y se sentía con fuerzas para ayudarla y compartir su inmensa soledad, no pudo lograrlo.

Por su parte, Alma Desamparada se sentía satisfecha, hasta feliz, de trasladarse de aquella hedionda escuela. Detestaba la lástima, y la señorita Chavela no cesaba de tratarla como si ella fuera un gorrión con las alas partidas. Deseó estrangularla, la lengua morada afuera, los ojos botados... Inerte, sin gota de deseo, es decir, de vida.

En la escuela nueva no fueron mejores con ella. Y es que Alma Desamparada llevaba impresa en su rostro una honda agonía que provocaba la conmiseración o el maltrato.

Llegó el momento en que la nueva señorita Fandanga averiguara sobre las profesiones y oficios de cada uno de los muchachos. Alma Desamparada respondió que su madre era soprano, y su padre, oceanólogo. Y que éste apenas vivía con ellas, pues pasaba la mayor parte de su vida en las profundidades del mar, comiendo crustáceos y líquenes e impartiendo clases de idiomas a los anfibios.

El incidente se repitió; sucedió el desafortunado encuentro de mamá Consuelo con la señorita Fandanga, volvieron a descubrir el rejuego inocente. Accedieron a cambiarla de plantel; esta vez fue la maestra quien lo exigió, aconsejando una escuela especial para retrasados mentales.

Así, Alma Desamparada deambuló por todas las escuelas habidas y por haber, y eso ocurrió hasta que consiguió entrar en la universidad, gracias a la cantidad de tupes que escribió en los exámenes. Porque para conseguir la matrícula en la universidad había que haber sido o muy hijoeputa y haber echado palante a unos cuantos, o vanagloriarse de tener el primer premio en el concurso de La Mentira Más Grande Del Mundo. Alma Desamparada ganó el primer galardón en este concurso internacional, en el que participaban un francés, un americano, un ruso y una cubana: ella.

Cuando le tocó el turno al francés y los señores del tribunal pidieron que dijera la mentira más grande del mundo miró a todos con aires de superioridad, arrogante se chupó los dientes como diciendo «anda, que esto está chupao», se frotó las manos y ensalivó el micrófono:

—En mi país no hay desempleo y ni un tanto así de racismo. Además, somos muy hospitalarios con los extranjeros.

Una ola de aplausos inundó la sala. Los miembros del jurado menearon la cabeza, satisfechos. Nada mal, más bien estaba fenómeno.

Le tocó el turno al americano, quien se plantó frente al público con rostro de fingida inocencia, lo cual dio margen a una carcajada general. Sonrió, atónito, y sin esperar la pregunta para que manifestara lo que él consideraba la mentira mayor del mundo soltó, desprejuiciado:

—Watergate es una marca de desodorante. Los vietnamitas son nuestros hermanos, durante la guerra nos damos besitos, los queremos mucho.

La sala fue inundada de exclamaciones, de risas burlonas y muestras de desparpajo. El jurado anotó que esta proposición ponía en peligro a su precedente. Sospecharon que la competencia sería reñida.

El americano se alejó y el soviético ocupó el podium. Un agrio vapor humedeció los cristales de las ventanas, los espectadores se taparon la nariz haciendo muecas de asco. Peor fue el desprecio cuando el hombre regordete y calvo con ralos pelos rubios alzó el puño, imitando ciertas estatuas pasadas de moda y fundamentó, enérgico y viril:

—En la URSS, camaradas, no hay campos de concentración en Siberia, y nuestros presidentes son todos hombres muy saludables y abstemios.

Aplaudieron, desaforados. El jurado calificó su intervención de 9,9; era la nota más alta hasta el momento.

Entonces hizo su aparición la cubana; una tímida adolescente. Cuando pronunciaron su nombre en los altoparlantes ella se erizó de pies a cabeza para luego tambalearse y caer de bruces sobre la alfombra morada con motivos florales en dorado. Las cicatrices del torso se engurruñaron aún más. El francés la ayudó a erguirse del elegante suelo. Alma Desamparada se aferró al micrófono. El presidente del jurado incitó:

—Por favor, ¿puede decirnos la mentira más grande del mundo?

Alma Desamparada pegó sus labios al instrumento y susurró:

—Yo pienso que...

El clamor fue general, se oyeron vivas eufóricos. El jurado por unanimidad dio la máxima calificación de 10 con sobresaliente y recomendaciones. Luego de terminar de firmar el acta, como la algarabía entusiasmada continuaba agasajando a la ganadora, los señores del jurado, subidos encima de la tribuna, patearon y dieron saltos de alegría. Era la primera vez que un participante ganaba con tan pocas palabras. Alma Desamparada aún no entendía bien, ¿quería decir que ella había ganado con sólo decir el inicio de su frase? «Yo pienso que...» Sí, significaba exactamente eso, el que un cubano pensara ya constituía la mentira más grande del mundo.

Más tarde tuvo que exponer su tesis y sucedió más o menos parecido, no hizo más que repetir aquel versito que había aprendido en primer grado, a los seis años, y que siempre le invadía la cabeza como escape, como alivio, como mantra:

Un elefante se balanceaba
sobre la tela de una araña,
como veían que resistía,
fueron a buscar otro elefante.
Dos elefantes se balanceaban...

Obtuvo la máxima evaluación con recomendación para trabajar con niños afectados de graves traumas familiares. Alma Desamparada logró graduarse de pedagoga infantil.

JUEGO DE MANOS

Ella contaba trece años, y él, catorce. Pero ella ya se había enamorado antes, también de otro fiñe de su edad. Aquel amor había durado dos años (lo que es considerado mucho tiempo en la adolescencia) sin ser correspondido.

Con Radamés era diferente. Tenía la certeza de que ella le gustaba como diablos a él. Se conocieron en casa de Viviana, y él fingiendo celos quiso saber más de aquella relación que le había antecedido. Ella confirmó que no había pasado de una invitación al cine, nada de besos ni de caricias. Lo peor que tenemos las mujeres es que siempre necesitamos asegurar al macho. Nada le daba el carácter de compromiso auténtico. Fue sólo una obsesión de niña, dijo ella con mayor madurez que él.

Radamés la invitó a una fiesta en un lugar descampado, a un bailable. Pero no se dignó bailar con ella en toda la noche. Sin embargo, lo hizo con Viviana, de quien había sido novio. Se dedicó entonces a darle celos con su amiga. Fue por esa razón que ella se encaprichó con él. Los hombres son expertos en ese tipo de mariconá barriotera. Y a las mujeres, mientras más hijaeputás les hacen, más se empecinan.

Sentía pánico de que nadie se enamorara de ella. De que nadie la quisiera. De quedar para vestir santos.

Anotaba en un diario las humillaciones de las que era objeto.

Esa noche Radamés la tomó por la cintura, cansado de darle celos con la otra, y la sacó casi a la fuerza de la fiesta en la playa de Guanabo. Tomaron la última guagua de la confronta y se bajaron a la salida del túnel habanero.

El beso iniciático en sus labios fue recibido a la orilla del mar, muy cerca de la bahía. Ambos vivían en La Habana Vieja. Ella, en la calle Muralla, y él, en la calle Inquisidor.

Aquel cosquilleo, el del besuqueo, la persiguió durante todos sus sucesivos enamoramientos.

Fueron novios durante cuatro años. Al cabo de ese tiempo él la abandonó por otra. Él se cansó de que ella le negara la posibilidad de la penetración, salvo por la boca.

Cuatro años de fiestas, cuatro largos años de sábados enardecidos y de domingos aburridos compartiendo con la generosa familia de aquel muchacho sin fundamento. La hermana de él era más que cuñada, se convirtió en una suerte de hermana postiza para ella. Mientras él se escapaba a orgías de alto rango donde participaban los dirigentes y sus hijos ellas quedaban en casa aburridas con la programación televisiva, o releyendo libros viejos.

Después de la separación sintió un frío interior que le duró meses. Hasta que conoció a otro muchacho, y luego a otro, y a otro. Pero nunca quedó satisfecha. Jamás quiso acostarse con nadie, sólo toqueteos. Aquella primera ruptura había invadido su espíritu y su cuerpo de una inmensa indiferencia. Radamés nunca le había dicho que la amaba.

Lo que más había disfrutado de aquel noviazgo eran las vacaciones en la playa. Los juegos de mano donde cualquier pretexto servía para dejarse acariciar. Los juegos de todo tipo. Con él había aprendido a volear en el voleibol, o a patear en el fútbol; arañándose los pies con los guisasos. Y cada vez que ella caía extenuada, él se tumbaba encima de su cuerpo, y jugaban con las piernas entrelazadas. A él le fascinaba hacerle cosquillas en la cintura, ella se revolcaba empanizada en dorador y arena. Los muslos abiertos. Pero sin penetración.

Evocaba sus pies. No se parecían en nada a los de ella, uf, menos mal. Aunque no podía ser él su padre, por la edad. Aunque sí su hermano, pero sin duda no lo era. ¿Quién quitaba que el padre de su novio fuera su propio padre? No sabía nada de su padre. Sólo que sus pies eran muy parecidos a los suyos.

Él la abandonó sin avisar. Un mediodía en que el profesor de Química no asistió a la escuela, ella se asomó a uno de los grandes ventanales que daba a la escalera de mármol y sorprendió a Radamés conversando con aquella muchacha de senos perfectos, de nariz, labios y piernas finas. Canillúa, en una palabra. Alma Desamparada agitó su mano en el aire, saludándolo sin maldad, entonces él se escabulló tomando a la otra por la cintura. Ella comprendió a medias, pero una de sus amigas se acercó para ponerle el cuño, argumentando que no le había prevenido para no aumentar su tristeza, pero que toda la escuela estaba al corriente de las infidelidades de su novio.

Ella bajó los ojos y sollozó. Entró en el aula, recogió los libros y se fue a las rocas que bordean la playa, donde continuó llorando. Regresó a su casa de madrugada. Y allí no pudo fingir, hundió su rostro en la toalla y jeremiquió aún más. Ella intuía que aquel rompimiento era el fin de lo esencial, su primer final. El desmoronamiento de la inocencia.

Fue mejor así, se dice ahora. No se veía casada con Radamés para nada. Sin embargo, en aquel momento el centro de su vida era aquel joven. Nadie más importaba. Lo único que importaba era él con sus ojos verdes, el pelo castaño claro medio pasuito de jabao, su boca roja, su camina'o de guaposo, el silbido para avisar desde lejos que ya iba llegando. Entonces ella se despatarraba en el balcón para verlo venir, y vacilarlo; imaginaba que lo pajeaba mientras en la cocina tía Primor fregaba las cacerolas.

Fue mejor así, se repitió; ella tendría todo el tiempo por delante, y tampoco podía dedicarse con tanta devoción al sufrimiento.

Radamés se casó con dieciocho años, tuvo un hijo. Luego se divorció y se volvió a casar, fabricó un segundo hijo. Radamés envejeció antes de los treinta años. Un mediodía lo encontró por el barrio chino y lo confundió con su ex suegro, llevaba una barba de varias semanas, lucía canas en su pelo castaño dorado, caminaba encorvado y sus ojos vidriaban, apáticos.

Estaba tan avejentado que quien no lo hubiera conocido podría haberlo tomado por el padre de ella; mientras conversaban animadamente, él fue tan atrevido que le acarició la barbilla.

Estuvieron un buen rato dando rodeos antes de que él confesara que deseaba su cuerpo, no su mente. Soltó:

—Te ves riquísima, mami, si no fuera por lo arisca que eres te metería un tarrallazo ahora mismo.

Ella no se estremeció ante la vulgaridad de la frase y aceptó por piedad. Fueron a un motel, por fin hicieron el amor. No, no hicieron el amor, aquello no podía llamarse así. Tampoco podríamos afirmar que templaron. Digamos que hicieron el intento. A ella le decepcionó. Él no sabía moverse. Su cintura estaba demasiado rígida a causa de un estrallón de judo por el que había sido operado de la columna vertebral.

En aquella ocasión su herida sentimental cicatrizó y cortó por lo sano. (Aunque los navajazos de su madre seguían destripándole la vida.)

—Lo nuestro se lo llevó el viento, como la película —murmuró al hombre con la indiferencia más tajante que pudo.

Sólo pensaba en él muy esporádicamente, y si visitaba a la familia era para agradecer la amabilidad con que la habían tratado.

Así se curan los grandes amores de la adolescencia, echándole tierra y dándole pisón, pensó de manera equivocada.

Se sentía erótica, y además errática.

Luego de despedirse de Radamés se fue a su casa y se tiró en el desvencijado catre a dormir. La humedad de las paredes de su cuarto le caló los huesos. Desde el baño colectivo fluía un nauseabundo olor a excrementos y a meados. Sudaba y su cuerpo apestaba a líquidos perversos, pero a ella le gustó olfatear su peste.

Adormilada, recordó sus juegos prohibidos. Tendría cinco o seis años. Una turba de niños corrió a esconderse detrás de un matorral. Otro niño contaba hasta veinte con los ojos tapados. Alexis puso el dedo en el clítoris de Alma Desamparada, encima del blúmer, y frotó suave. Los demás andaban entretenidos en buscar refugio. La niña hizo como si con ella no fuera, abrió más las piernas. Aún no era consciente de su sexo. Aquel juego no le desagradó en absoluto. La madre de Alexis, el niño de doce años, vociferó ronca sobre el paisaje llamando a su hijo para que fuera a comer que los chícharos se iban a enfriar. Medio siglo comiendo chícharos. Después Alexis regresaría y le contaría que había aprendido aquella maniobra espiando a su madre y a su padre mientras se toqueteaban y templaban. Vivían muy estrecho y no podían evitar que los hijos se deleitaran con su intimidad.

Deseó ir poco a poco sumergiendo la memoria en un sueño enfermizo.

Alma Desamparada despertó tiritando de fiebre. Fue a darse una ducha. Abrió la desvencijada puerta, manipuló el grifo y el agua helada cayó en el centro de su cabeza. Suspiró un escalofrío y se echó a un lado. Mientras enjabonaba sus cabellos advirtió al Chino rascabuchándola encima del techo de zinc y agachado detrás del tanque del agua. El Chino era vecino suyo, tío de uno de sus amigos, criado con ella en el mismo solar, y en más de una ocasión se había fracturado una costilla o cualquier otro hueso por andar en el julepe de mirahueco.

—Chino, bájate, te vas a romper la crisma —advirtió, ecuánime.

—Pelea, yegua, pelea... Ábrete los bembos del bollingo ése, enséñame tu cañería... —insistió el hombre, macilento.

—No jodas, Chino, si te vas a botar una paja apunta p'a otro lado, no vaya a ser que me ponches un ojo con un lechazo.

Enjuagó su piel, luego secó su cuerpo con cuidado, sintiéndose observada por aquel depravado habitual. Apenas pudo cerrar la abotonadura del vestido, había engordado unas libritas. Recogió la toalla, la pastilla de jabón y salió echando hacia su cuarto.

Desde que era niña, el Chino asistía puntualmente al baño de abuela Buba, de tía Primor, de mamá Consuelo, de ella, y de cuanta mujer, hombre, o cosa, se posara en las losetas del baño. Era un vicioso a mirar y no tocar. Sólo se tocaba él. Pasaba horas en el trasteo de su rabo y contemplando con los ojos desorbitados. Al rato se escondía en la escalera, encabillado, a sacudirse el tolete. En realidad no le interesaba descargar su lujuria contra ningún ser humano; vivía eternamente enamorado de una chiva.

Más de una vez, Alma Desamparada sintió terror, y al mismo tiempo curiosidad, de que su padre pudiera ser el Chino. Fue a preguntarle a su madre y recibió un gaznatón que le dejó el cuello con tortícolis durante dos meses. Dudó, y la duda jamás tiene precio.

—Chino, quítate los zapatos.

—¿Y eso p'a qué?

—Para comprobar una cosa.

—Vete a que te empalen. —Y antes de echarse a correr le apretó las tetas con las dos manazas de machetero permanente.

¿Alguien sabe lo que duele un apretón de tetas en frío, sin calentazón previa? Supongo que la misma sensación de un apurruñamiento de cojones, también sin motivos eróticos.

Se dedicó a espiar al Chino, necesitaba verle los pies, compararlos con los suyos, debía indagar si existía el tan temido parecido. Pero el Chino nunca descalzaba sus malolientes botas cañeras marrones, y como había renunciado porfiadamente al baño, pues el acertijo se le ponía difícil a Alma Desamparada y su pena aumentaba por segundos.

Una noche, mientras los vecinos Siria y el Troncúo se bañaban y singaban parados bajo el chorro de agua nauseabunda sacada de la cisterna, donde se pudrían cotes usados, diarreas, orines, cadáveres de ratas, perros, gatos y palomas de brujería, el Chino se puso en el jueguito del rascabucheo. Con tan mala suerte que cogió al Troncúo con una mala erección, la yuca de medio lado, babeada: «¡Ah, no, espérate aquí, pero este remaricón sigue gozándolo a uno! ¡Ahora va a ver lo que son cascos de guayaba con queso crema!»

El Troncúo salió embala'o, sacó un matavaca y escribió la zeta del Zorro en el corazón del Chino. Descuartizó al pajero, lo molió en la maquinita de hacer picadillo, menos los pies. Sabiendo que Alma Desamparada anhelaba desde hacía tiempo comparar aquellos juanetes y calcañales callosos del Chino con sus pies, los cercenó de un tajo, con sumo trabajo consiguió despegar la piel del cuero de las botas. Fue una obra de experto carnicero. Colocó los pies dentro de una caja de un viejo sombrero y se la dejó frente a la puerta con el siguiente mensaje:

Evidentemente, el Chino no era tu padre.

Comparados con los tuyos, sus pies eran una barbaridad de feúcos.

El Troncúo echó el resto del cadáver del Chino metamorfoseado en picadillo a la habanera en la cisterna, donde se acumulaba el agua de uso corriente. Nadie llamó a la policía, todos querían salir de una vez del maldito desvergonzado.

Pero el Chino sigue en lo suyo, ahora en mejor posición, resbalando como espuma jabonosa por los cuerpos desnudos de sus vecinos.

Alma Desamparada respiró, aliviada, al comprobar que aquellos pies horribles no eran gordos de dedos parejos, más bien deformados como el alma del malogrado dueño. Entonces se fue al Malecón y los tiró a la bahía. En el agua gelatinosa llena de mojones de ciudad bucearon aquellos miembros mutilados, haciendo graciosa efervescencia mientras se hundían en el fondo, y los coágulos espumaron flotando en el pestilente oleaje.

NOCHE ESTRELLADA Y ESTRALLADA

La ruta 58 estaba desviada y el recorrido duró más de lo previsto. Dio la vuelta por detrás de La Habana del Este y en el trayecto anocheció, las estrellas podían atraparse con la mano cuando la guagua trepaba una de aquellas lomas polvorientas. Hacía un vapor insoportable. Las estrellas demasiado bajas goteaban brea y salitre. El oleaje salpicaba el rostro de Alma Desamparada, el polvo de la carretera se incrustaba en sus poros. Tía Primor, haciendo caso omiso de los trastabilleos del vehículo, tejía un suéter para cuando hiciera invierno, es decir, para nunca. Pero ella seguía empeñada en el croché a dos agujas con un hilo de lana bien tupido que le había ofrecido una tacaña clienta a modo de pago.

La oscuridad desató un sentimiento de intrepidez en el interior de la adolescente. Sintió un inmenso anhelo de escapar, de bajarse en cualquier parada e internarse en los matorrales, perderse; asaltar la lanchita e irse del otro lado, al Golfito, a apretar con los guardias sietepesos del Servicio Militar Obligatorio; SMO eran las siglas, la gente los llamaba los Semeó.

Tía Primor le había pedido que hiciera el favor de acompañarla a la unidad militar de Cojímar, donde se hallaba su hijo, el primo Ratero, cumpliendo con su deber patrio. Una de las últimas fechorías del primo Ratero había sido matar a una vieja para robarle las prótesis, una pierna de palo y una chapa de metal para empatar los huesos de la cadera, y venderlas a sobreprecio en la esquina del hospital ortopédico. Nunca se descubrió al asesino y por esos días le llegó la citación para engrosar las filas del servicio militar. El primo Ratero se marchó de buena gana, en aquel país ser soldado o asesino era más o menos lo mismo, analizó, despreocupado.

Bajaron del ómnibus y tía Primor quedó rezagada del resto de la gente. Su sobrina la empujó para que se apurara:

—¿Estás loca? —susurró, reteniéndola por la muñeca—. Esperemos a que no quede ni un espíritu en la parada, no quiero que se enteren de que tengo a mi hijo ahí, pasando el bochornoso servicio militar...

—Tía, pero ¿quién te va a reconocer por acá?

—Siempre hay un ojo que te ve, como dice la canción.

No más entrar y tropezaron al guardia del puesto de mando, amarrado con alambres de púas a un televisor encendido echando chispas, amordazado con un rollo deshecho de papel higiénico cagado y con un tibor lleno de vómito a manera de sombrero.

Tía Primor y Alma Desamparada, aterradas, se dejaron guiar por la gritería ensordecedora.

En los dormitorios los muchachos fajados se mataban entre ellos. Encontraron al primo Ratero afeitándole la lengua con una mohosa cuchilla Astra a uno que a su vez le martillaba un clavo en la cabeza a él. Tía Primor cayó redonda, resoplando en violentos estertores, como un pollo al que le hubieran retorcido el pescuezo para una brujería o como un gallo para ser entregado en sacrificio a Eleggúá.

Alma Desamparada echó a correr hacia la calle, saltó una cerca y tuvo la suerte de adivinar una casa de paredes de coral. De un brinco entró violando la privacidad del médico que allí vivía. Vestía descolorido pijama; era un hombre de unos cuarenta y pico de años, tenía pegada la oreja a la radio, buscando en la onda corta. No aparentó sorpresa cuando advirtió a la insensata colarse a través de la ventana de la cocina.

—¿Otra vez los hijoemalamadre sietepesos de enfrente se están matando, eh? Ya advertí que conmigo no cuenten para arreglar el pastel, puedes largarte por donde mismo viniste.

—¡Ay, mire, ahí está mi primo, y le han martillado un clavo de este tamaño en el cráneo, y a mi tía le ha dado un terepe, ayúdeme, se lo suplico!... —Se arrodilló a sus pies; fue entonces cuando reparó en la sequedad de las piernas, husmeó un tufillo a medicina caliente; era inválido.

Él cambió de lugar rodando la silla de paralítico con asombrosa velocidad.

—¡Saca a tu tía lo más rápido posible de ahí, busca ayuda! ¡Si estoy en este estado es porque me atornillaron a una mata de ciruela por el cogote, después de poner mi médula espinal como blanco de sus flechas! ¡Estoy vivo de puro milagro!... ¡Agila, no hay tiempo que perder!...

El vecino del médico llamó a la policía; desde el teléfono del doctor no pudieron hacerlo, pues la línea estaba interrumpida. La policía llegó tres horas más tarde. Los bomberos acudieron antes, nadie sabía quién los había avisado. No entendían cómo podía ocurrir semejante barbaridad en una unidad militar.

—¿Dónde estaban los mandamases, los pinchones? —increpó el jefe de los bomberos.

—En una orgía en Miramar —rezongó otro vecino.

—¡Caballero, que aquí la gente n'a má' piensa en robar o en singar por la libre!

—Se salvaron que pasamos por esta zona de casualidad —condescendiente, respondió uno de los bomberos.

Así y todo ninguno mostraba apuro por entrar a socorrer a los heridos, que a esa hora ya eran la gran mayoría. El escándalo aumentaba en el interior del campamento. Parecía una perrera en donde habían echado a una manada de pittbulls a depredar a unos rottweilers.

Por fin, Alma Desamparada desarmó a un policía, arrebatándole la pistola del cinturón:

—¡Me cago en el recoñísimo de tu madre, pencón, si tú no entras lo hago yo!

Cruzó el umbral disparando al techo. Detrás de ella, imitándola, invadió el recinto la cantidad equivalente a dos camiones de guardias y el cuerpo de bomberos. Tuvieron que disparar y partir con balas las rodillas y los tobillos de un número considerable de chamacos para obligarlos a parar. Habían intervenido a tiempo más o menos razonable. A la tía Primor sólo le habían rapado la cabeza y sacado las uñas de un tirón. Con las agujetas habían tejido las tiras de pellejo que habían entresacado de sus piernas. Menos mal que seguía viva.

Alma Desamparada desea borrar de su mente aquella espantosa noche en que las estrellas bajaron a roerle las sienes.

Al primo Ratero nunca más le han podido extraer el clavo de guardacantón encajado en el cráneo. Pronostica el médico que si lo opera se muere. Por el momento sólo padece de unas migrañas espantosas. Nunca más ha salido de la cárcel, siempre de granja en granja, de celda en celda, y por último lo trasladaron a Kilómetro 7. Ni se sabe la cantidad de muertes que se le achacan. Cada vez que lo interrogan se echa a llorar y confiesa que los superiores la tienen cogía con él, que es inocente. En el año noventa y cuatro lo soltaron, le dieron tres días para que aprovechara y se fuera a Miami en una balsa, si volvía le doblaban la pena, que ya era máxima. O sea, que tenía que ser inmortal para cumplirla. Él aprovechó la libertad y estranguló y violó a nueve mujeres, tres por día. Regresó tan tranquilo, tan patriótico. Ya no puede vivir sin torturar. Ni volviendo a nacer cumplirá la condena.

Tía Primor se encaprichó entonces en enderezar a Alma Desamparada. Resignándose se aconsejó, ya que había perdido la posibilidad de educar decentemente a su hijo, volcaría su amor de madre en su sobrina, y se tomó muy a pecho el crecimiento de la pequeña bastarda.

Por aquella fecha ya Alma Desamparada apenas preguntaba por su padre. Le daba lo mismo chicha que limoná haber sido encontrada en un basurero, o que la hubieran abandonado a su suerte en una canasta mugrienta. Por aquella fecha el cinismo acechaba. Ya era casi palpable.

LA VERBORREA INTERMINABLE

Ella contaría once años cuando hubo de entrar a salvar a su tía y a su primo empuñando una pistola y tirando balas al aire. Desde entonces la tía veneró a la sobrina como a una santa, deseando que fuera perfecta en todo, absolutamente un modelo de disciplina. Para complacer a la desdichada tía Primor, ella obedecía en lo más mínimo. Por eso asistió a aquella actividad en la plaza, a aquel discurso que duró cuarenta y tantos años y rebasó el siglo veinte, sólo con esporádicas interrupciones.

No se movió de su lugar salvo cuando el orador Orate ordenó los reducidos descansos. Entretanto, los niños iban cayendo a puñados, como moscas, sedientos, hambrientos y fatigados. Pero el orador Orate insistía en que los niños caían desmayados de la emoción, él mismo mostraba su entusiasmo ante la desbordante sensibilidad infantil, embriagados —afirmaba él— por la belleza y profundidad de sus inmortales palabras.

Las décadas pasaban, los niños se hacían viejos y entonces los sustituían por otros niños, y así, seguían los desvanecimientos y el orador Orate no interrumpía su verborrea, salvo para ir un momentico a fusilar a algún que otro indisciplinado, o para tirar carne fresca a los tiburones, sus fieles secuaces, quienes adoraban como menú los bocados de desesperados y de disidentes; sí, los hombres justos constituían el plato favorito de las fieras domesticadas por el orador Orate.

En aquella fila de niños aparentemente sumisos, Alma Desamparada conoció al niño más envidioso de la tierra; nunca supo su verdadero nombre, le decían Black Hole; aunque era de piel amarilla tirando a hepática, el nombrete se debía a su condición de aspirador de energía positiva. Era un chupóptero de luminosidad de cualquiera que se le aproximara; cuanto tocaba lo marchitaba. Gustaba morder y arañar, robaba cuanto encontraba, sólo deseaba la muerte del prójimo, y además era el único que estaba de acuerdo con las profecías orates del orador. Gozaba con presentarse ante los demás como un niño malo, con un corazón podrido, muy podrido.

Black Hole era digno de lástima. Allá donde había nacido, en un campo tan remoto que no aparecía ni en los mapas locales, tenía que dormir en un cucurucho de bajareque junto a su hermano fornido. El hermano lo violaba y le mamaba su microscópica picha cada noche, antes de que comenzara la época del largo discurso; una vez que la extensa perorata empezó, continuó abusando del pequeño en público. Black Hole no sabía ya qué inventar para que su hermano lo dejara en paz, entonces se metió a poetiputo, una mezcla de pinguero con plagiador de versos; su elección no fue por vocación, ni siquiera por instinto, sino porque singando mal y plagiando con alevosía todavía peor era como único podía desatar su odio librando una batalla salvaje, y juguetear con la espuma de la más abyecta de las cobardías. La de asumirse a sí mismo como enemigo. La miseria de no aceptar a nadie, ni siquiera de tolerar su propio ser maldito.

A Black Hole lo iban a asesinar, no por nada, sino por haber engañado a un negrazo bugarrón al alardear mintiendo que él tenía un buen mandado, y que lo iba a entubar hasta por las orejas. El negro se desternilló de la risa cuando tuvo que recurrir a la lupa para observar aquel paramecio alicaído y reseco, después se sintió estafado y le sonó una galúa que dejó a Black Hole medio muerto. Todo aquello sucedió durante el discurso interminable. El negro sacó un galón de gasolina y prendió un fósforo, iba a quemar vivo a Black Hole, Alma Desamparada lo detuvo.

—Ven acá, negro e'mierda, ¿no tienes otra cosa en qué entretenerte que en emparrillar a un pájaro de mal agüero?

—Más mierda eres tú, flaca cabezona, cara de chayote.

Rieron malévolamente. Y se largaron abrazados a jugar al dominó mientras el largo discurso no paraba, repitiéndose de bocina en bocina, de calle en calle, de pueblo en pueblo... Alma Desamparada tenía suerte para hacerse amiga de los marginales; en fin, ella también lo era, y se sentía imprudente y feliz.

En lugar de agradecer a Alma Desamparada que le hubiera salvado la vida, Black Hole se puso furioso por deber un favor a la adolescente; según él, aquel acto por parte de ella lo rebajaba, y se puso de peor humor. No podía soportar que aquella chiquita se le adelantara en todo, y que para colmo saliera en su defensa.

—Tengo que hacer algo bien nefasto... —planeó—. Voy a soplarle un polvazo, hacerla talco, que se muera lentamente...

Pero Alma Desamparada estaba protegida por todos los orishas desde su nacimiento. Los auténticos orishas, no los raperos de circunstancia. Abuela Buba había dedicado su camino a Elegguá. Abuela Buba era creyente de todo, de cualquier cosa, y tenía un padrino de santería llamado Ricardo Corazón de León. El babaloche era un negro retinto, calvo y con un retongonal de arrugas que le caían del cráneo pasando por el cuello hasta el inicio de la espalda. Muy risueño, los ojos achinados de tanta alegría. Reía y se ahogaba; había que engancharle un balón de oxígeno cada vez que se atacaba de la risa. Era un chernita gracioso que le había cogido un gran cariño a Alma Desamparada. Y ella a él. Fue su padrino quien le hizo los más bellos cuentos de cimarrones, intrincados en el monte, abrazados bajo los rayos intrépidos del sol que se colaban por las enredaderas y los pinos.

Esa tarde el discurso era más denso que nunca, cifras y cifras, victorias y victorias, récords y más tareas. Aquello se había convertido en el reino de la mentira más poderoso y más atractivo para los visitantes con el cerebro aguado por el consumo. Entonces, muy a gusto de saberse culpables, sustituían el agua de sus mentes consumistas por diarrea; cambiaban de palo p'a rumba, a consumir barato y fácil, sustituían los perfumes Dior por discursos e ideología de pacotilla. ¡A globalizar la guerrilla!, fue la consigna.

Black Hole se acercó con una cantante francesa que se hacía llamar la Viuda de LeChe (léase en el doble sentido del español y del francés), quien tenía un enorme vacío en sus entrañas y había alcanzado el éxito interpretando un empolvado himno a la muerte. Era tan negativa que ni siquiera se había enterado de su propio nacimiento. ¿Vivir?, preguntaba la Viuda de LeChe, ¿y qué repinga significaba eso? Yo no estoy viva, no lo estoy, es demasiado positivo, se repetía. ¿De dónde vengo?, se preguntaba. ¿De un útero? ¡Asco! ¿Quién me lo asegura? Y mientras tanto, reunía el dinero de los estúpidos compradores de su disco para mandarse hacer una vagina de oro, pues el negro guanabacoense que se la singaba cada noche poseía una maciza pinga de platino. Y que se sepa que en él era natural, había nacido con la tranca de platino, ya que su madre cuando estaba encinta se había tragado una bandeja de la Casa de los Condes de Jaruco, que le había pitcheado el marido con ánimos de decapitarla en una bronca.

Black Hole y la Viuda de LeChe fueron aproximándose sigilosos a su víctima, de puntillas. Alma Desamparada dormía inocente, parada en atenjó, que es como se duerme mientras hay discursos tan extensos. La cantante francesa sacó el polvo maligno que le habían preparado su marido palero y su tía bretona, y Black Hole juntó toda su envidia y su maledicencia para soplar sobre la cabeza de la adolescente aquella brujería que la dejaría ciega, sorda, muda, y además boba; peor que un vegetal, los vegetales al menos sirven para ser cocinados e ingeridos.

Pero en eso sopló una brisa bienhechora, de esos vientos que de buenas a primeras sorprenden en el Caribe, y que cambió la dirección del polvazo. El destino de los hados fue a dar justo en el lado contrario; es decir, en la cara enjuta y grasienta de Black Hole, y en la garganta de la Viuda de LeChe, quien sonreía con cansada mandíbula de mamadora. Al primero el polvo le entró en el cerebro y lo dejó más seco que antes, sin una sola idea, ni buena ni mala. A la segunda le dio la posibilidad de tener voz exclusivamente para una única canción, aquella en que vanagloriaba a la muerte. ¡Vaya, y salió cómoda! Cada vez que intentaba entonar otra melodía, sus cuerdas vocales no acompañaban sus propósitos, quedó muda y sorda como no fuera para cantarle a la porquería de la guerrilla. ¿Guerrilla? ¿Y qué recojones significaba esa mierda? Ella ni siquiera se había enterado de qué hablaba la letra de aquel himno de basura.

¿Qué se puede esperar de una mariposa de lodazal colorado y de una niña bitonga de un barrio *chic* de París?

El largo discurso no cesaba... Alma Desamparada se despertó con ganas de matar, pero se contuvo porque tenía el estómago pegado al espinazo. Su estómago fue asediado por un hambre del recoñísimo de la madre de los tomates. Si hubiera tenido una metralleta habría disparado en el mismísimo coco del orador Orate. Recordó una poesía que le había enseñado Toña Culo e'Goma, una amiga de su abuela:

Niñito cubano,
¿qué piensas hacer?
Coger un cuchillo
y matar a Fidel.

Entonces se cansó de tanta obediencia ciega a la tía Primor con sus manías de reeducación y la mandó a singarse cuarenta negros con gonorrea para que corroborara que la letra con sangre entra y la dejara en paz de una buena vez.

«Hija, no hables así, mira que tú eres una santa», replicó la mujer. ¡Qué santa ni santa, qué virgen ni virgen! Ahora los comunistas, después de haber fusilado y botado del país a tantos religiosos, se volvían católicos. ¡No jodan! La política es la misma resingueta cuyo único objetivo es aplastar a los débiles; los políticos son unos tramposos y unos cabrones. ¡Vayan a tomar por culo!

SOLA EN EL MUNDO

Aprovechando que el orador Orate dio un diez para que se ausentaran del discurso, justo el tiempo en que él iría a torturar a unos cientos de periodistas encarcelados, Alma Desamparada se puso a pensar con qué especulaba para resolver comida, mientras iniciaba un periplo de forrajeo por los basureros. En su casa, tanto abuela Buba, como tía Primor como su madre Consuelo tenían el hijoeputímetro marcando más p'allá del máximo.

—Abuela, estoy muerta de hambre.

—Alza la pata y *lambe* —contestó la vieja.

—Tía, no puedo más del hambre.

—¿Y yo, qué? Fíjate, no vengas a joderme la existencia. Ya me comí los algodones y hasta la pintura de uña de lo cruzá que estaba...

Se dirigió a mamá Consuelo, pero ésta la paró en seco:

—Conmigo sí que no; no te me encarnes, que yo

no tengo ni dónde caerme muerta. Empínate y anda, métete a jinetera, tírate al mar en una balsa, muérete... no sé. Pero no me vengas a pedir comida, ¿quién te mandó nacer? Agila, si no quieres que te troce en dos con un machete.

Alma Desamparada pensó en su padre. ¿Por qué su padre había metido su cabilla en el chocho de su madre y se lo había llenado de leche? ¿Por qué su madre había abierto las patas? ¿Para tenerla a ella? ¿Para parir a una muerta de hambre?

—Tú naciste de casualidad, de un lechazo extraviado mientras tus padres templaban parados en el muro del Malecón —le había dicho tía Primor hacía mucho tiempo, una tarde de su cumpleaños.

A esa altura ella se había topado varias veces con un tipo que su familia aseguraba que posiblemente podía ser su padre.

—Sí, ése es tu padre, tu jodido padre —había afirmado la madre cuando ella cumplió los seis años y su padrino apareció con un *cake* demasiado azucarado.

Lo que hubiera dado ella en este momento por una cuña de pastel como aquél, aunque estuviera zocato. Almíbar imaginaria corrió por sus frágiles venas.

Tanto habían especulado con la verdadera identidad de aquel maldito padre y con sus orígenes: que si había sido encontrada en un basurero, que si la habían dejado abandonada en una cesta frente a la puerta del apartamento y que había sido recogida por piedad; ya no creía ni pitoche. Si aquél era su padre, le daba sencillamente lo mismo. Las llamadas por teléfono que mamá Consuelo se empecinaba en hacer a aquel tonto le parecían un teatro deplorable, un cuento insoportable que le estragaba el estómago y la enfermaba de los nervios; un vomitivo como entretenimiento hubiera sido mejor recibido.

Alma Desamparada dejó de pensar en su estúpido origen, tenía hambre, coño, pero prefería matar, robar, a prostituir su cuerpo. Con lo fácil que es ser puta. Pero en la isla hasta ser puta tiene sus riesgos ideológicos.

Salió huyendo del apartamento ante la indiferencia de su tía y de su madre. Abuela Buba lloró. Abuela Buba sí la quería. Ella era la única persona en el mundo que la consideraba. Pero abuela Buba murió aquella misma noche sin poder cumplir su promesa de regalarle un juguete, atropellada por un camello, no del Sahara, sino de Centro Habana —me refiero a una guagua—, mientras forrajeaba algo de comer en las cafeterías de las funerarias para matarle el hambre a su nieta. Ya ella estaba vieja y el hambre le importaba un comino. Entonces la mató un camello de ocho ruedas.

Mientras abuela Buba era convertida en puré de vieja en el asfalto de la calle Zanja, Alma Desamparada andaba tratando de robar comida en La Bodeguita del Medio.

Mamá Consuelo se vanagloriaba de ser amiga íntima del cocinero Mundo, quien más de una vez le dio a escondidas un puñado de croquetas de puerco de las que hacían para el almuerzo de los camareros. Pero aquella noche Mundo descansaba, y cuando entró a pedir comida, el administrador del lugar le dio una patada por los aún no estrenados ovarios provocándole un quiste.

—¡Sal de aquí, cachorra sarnosa!

Varilla, el cajero, le hizo seña de que se colara agachada por la cantina. Así lo hizo, Varilla la ayudó a brincar por encima del bar, y la escondió en el baño.

—Cuando te avise mete pa' Juantorena, siempre en posición agachá' hacia la cocina, tírate de cabeza y coges lo que quieras, pero tiene que ser a la velocidad de un cohete; te mandas a correr por el pasillo. Martínez, el antiguo dueño, entretendrá al administrador.

Varilla era muy flaco y alto, una vara de tumbar gatos, precisamente; calvo, narizón, con una verruga de bruja de Blancanieves encima del tabique nasal, desdentado, se chupaba la boca al hablar, orejón. Vestía con una guayabera color amarillo claro, tenía una docena de ellas. Bebía como un cosaco, pero él, entero, no era común verlo tambalearse. Alrededor de las seis de la madrugada regresaba a su casa, arrastrándose por las paredes, caminando por los aleros, pero sin perder la compostura, silbando, imitando el trino del azulejo real.

Martínez había sido el propietario de La Bodeguita del Medio hasta que el gobierno se la quitó. Él continuaba asistiendo por inercia al restaurante de su creación, adonde habían ido en los años cincuenta desde Hemingway, pasando por Errol Flynn, y toda una pléyade de artistas célebres recién llegados de América o de Europa, toreros, compositores, escritores, músicos, pintores, bailarines... Era el lugar de la bohemia por excelencia de La Habana republicana.

—¡Ahora! —sopló Varilla en dirección al baño.

La niña se despetroncó como una exhalación. Metió ambas manos en las cacerolas y empezó a echar comida en una bolsa de plástico: frijoles negros, arroz blanco, carne de puerco, plátanos tostones, tasajo, buñuelos, yuca, de todo lo habido y por haber. A una segunda señal de Varilla se mandó por el pasillo hacia la calle Empedrado. De reojo vio a Martínez, parapetado entre el administrador y la puerta de batientes.

—¡Eeeh, una ladrona, atajen, atájenla, cacho e' cabrona!

Empujó a Martínez, el viejo cayó de nalgas en una olla de boniatos fritos y se quemó las hemorroides y la próstata. A Alma Desamparada no se le veían los calcañales, corría exactamente como alma que lleva el diablo. Dos camareros y el administrador intentaron alcanzarla, reclamando apoyo policial a grito pela'o. La chiquilla halló escondite en la escalera del solar de los intelectuales, en Mercaderes 2, aprovechando que Poncito el Artesano dejaba la puerta entreabierta.

Dentro se sopló las manos, ampolladas por las quemaduras de la comida hirviente que había arrebatado a puñados. Sintió que algo resbalaba, el calor había derretido la bolsa plástica y lo robado cayó al suelo polvoriento cual plasta de cagada de vaca. Sus ojos se nublaron de lágrimas, pero ni corta ni perezosa buscó a su alrededor, vio en el patio un saco de cemento medio vacío. Botó dentro de una maceta el poco de cemento y recogió la comida haciendo pala con las manos.

Cuando llegó a su casa, alegre porque daría de comer a su familia, se enteró del fallecimiento de abuela Buba. Todos habían perdido el apetito. A ella se le pasmó el estómago. No podía botar la comida, le daba demasiada lástima desprenderse de aquel tesoro. Tía Primor regaló la comida a una de sus clientas. A la tacaña que nunca le pagaba.

No pudo tragar alimento en un mes. Se quedó en el casco y la mala idea, así decía su abuela de las personas delgadas y de pésimos sentimientos. Abuela Buba, adiós. Echó un puñado de tierra sobre el cadáver. Observó a su madre, llorando a moco tendido. ¡Qué chea e hipócrita! Aunque su madre se lamentaba de verdad, ella ya no supo reconocerlo. «¡Ya no me interesa nada en la vida, nada de nada!», se lamentaba, lacónica.

Estudió a tía Primor, quien le devolvió una mirada de odio repugnante. Alma Desamparada comprendió que había quedado sola en el mundo. Intuyó que debía crecer rápido, buscarse la vida como los hombres, ocuparse de aquellas dos mujeres, cuál de las dos la más desorientada, y sobrevivir, a cualquier precio.

Nunca prostituiría su cuerpo, eso sí que no, robar, asesinar, pero nadie le pondría las manos encima si ella no lo deseaba con amor.

LOS MARIDOS DE CONSUELO

El sol rajaba las piedras hasta freírlas o hacerlas talco, la gente decía que ese verano el calor iría a matarlos, a sancocharlos vivos. De súbito empezó a llover. Así era, el tiempo variaba con una facilidad tremenda. Llovía fango, la lluvia sacó todo el calor del asfalto, como cuando cae agua en una sartén con aceite hirviendo. El cielo encapotado semejaba a una piedra carbonizada. La ciudad ennegrecida igual al rostro de una fogonera cayó con todo su peso de inminente destrucción sobre los hombros desesperanzados de los habitantes.

Alma Desamparada se encontraba recostada en una columna del paseo del Prado, a unos pasos de la desahuciada pizzería Prado 264. En eso vio pasar a mamá Consuelo, guareciéndose bajo un periódico, del brazo de Agamenón. La muchacha no resistía a aquel hombre. Era el marido de su madre. Borracho, había estado preso y se rumoraba que en la cárcel le llamaban la Cantimplora, por el aquello de que «pásame la cantimplora» quiere decir que su ano contaba con una gran popularidad. Pero mamá Consuelo estaba ciega con él. Pese a las manos de golpe que le daba, pese a las humillaciones, y que la había convertido en una aguantatarros de las que ya no hay ni se fabrican. Todo parecía indicar que ella jamás podría renunciar al amor de aquel energúmeno.

Alma Desamparada supo de su existencia cuando contaba cinco años. Una noche su madre y una amiga la llevaron a la guarapera que existía en la esquina de Obispo y Habana. Agamenón era el dueño, a las pocas semanas sería expropiado. La joven evocó asqueada que él besó y sobó a su madre con desfachatez delante de ella, apenas una niña, y que luego al salir de allí su madre le hizo jurar que no le contara nada a abuela Buba.

Lo primero que hizo fue irse de lengua con Buba. Incluso exageró argumentando que los había visto bañarse juntos, a través del cristal de la ducha. Abuela Buba se puso verde de rabia. Ella tampoco soportaba a aquel descarado.

—Un sinvergüenza peor que tu padre —sentenció Buba.

—Y por fin, ¿quién es mi padre?

—¡Vuelve otra vez con la misma candanga! ¡Ni falta que te hace saber quién es!

Y ahí selló el tema.

Su madre parecía una adolescente enamorada por primera vez, riendo cada vez que él le pellizcaba las nalgas, saltando entre los charcos inmensos que se habían formado en el paseo del Prado. Las piernas salpicadas de lodo lucían más blancas, y el vestido mojado transparentaba su cuerpo bien moldeado. Se veía muy hermosa, aunque vulgar. Manchada por ese nubarrón que la arrastraba hacia él, quien mordía su cuello y el comienzo de los senos, para de inmediato empujarla lejos y burlarse de ella, en desequilibrio perpetuo tratando de evadir los charcos con las puyas de tosca madera.

Evidentemente habían bebido guafarina, chispa e'tren, o cualquier ron pudre-esófagos de esos que se compraban por ahí, destinados a exterminar al pueblo con lentitud refinada. Agamenón había conseguido que su madre se volviera alcohólica empedernida. En más de una ocasión, Alma Desamparada había tenido que ir a recoger a la mujer a un bar de mala muerte, a salvarla del ridículo, o del estrangulamiento. Porque alguien la avisaba de que había sido testigo de cómo su padrastro golpeaba salvajemente hasta dejar a la mujer en estado comatoso boqueando en el suelo.

«No es mi padrastro, no es nada mío.» Y, seca, se precipitaba a rescatar a la víctima. Para sorpresa negativa se la encontraba encima de un charco de orine o de vómito. Bonito espectáculo para una chiquilla; pensaba que si en el futuro tuviera una hija jamás la obligaría a pasar por estas vergüenzas.

Alma Desamparada odiaba con todas su fuerzas a aquel imbécil. Pero su madre lo amaba. Y entre ella y él, siempre ganaba él. Ella sacó en conclusión que mamá Consuelo no la quería. Que no podía quererla porque ella era la prueba fehaciente de su fracaso matrimonial, si es que en realidad había habido matrimonio. En caso de que hubiera sido hallada por casualidad en un basurero, o abandonada a su suerte, doble debía ser el odio, pues entonces constituía una carga sin justificación familiar, por gusto. Entonces, ¿para qué cojones la había recogido? ¿Para hacerla sufrir?

Vio tan contenta a su madre que sintió vergüenza de sus elucubraciones, y siguió de largo. No había avanzado veinte pasos cuando oyó un alarido, volteó su rostro y divisó el vestido de su madre ensangrentado en la zona del vientre. Agamenón le había dado un tajazo con una navaja para asustarla. Pero se le fue la mano, tan pendejo como era echó a correr dejando a la mujer dando berridos con las manos engarrotadas en el estómago, sola bajo la lluvia torrencial.

La joven acudió a socorrerla, su madre le cayó a manotazos: «No me toques, fresca, no me toques, ¡tenías que aparecer tú para que todo se jodiera! ¡Coño, si es que eres la maldición parada en dos patas!»

Mientras la muchacha buscaba un auto que las condujera al hospital más cercano, una culpa interior le subía en forma de rabia a la garganta. Apareció un carro con chapa provincial. El tipo rehusaba montar a una mujer herida. «¡No, no, y no, acabo de cambiar el forro de los asientos!»

En eso divisó otro auto, por más señas que hizo no se detuvo, intrincado en la cortina líquida.

La tormenta arreciaba, su madre, más pálida que una tuberculosa acabada de arrojar una hemotisis, se tumbó en la acera y su cabeza semejaba un barco naufragando en un alcantarillado tupido.

Una pareja que venía de casarse en el Palacio de los Matrimonios, conmovidos ante el espectáculo, esperaron a que los pocos invitados fueran saliendo del recinto para pedir a los padrinos que auxiliaran a Alma Desamparada. La señora, protegida por el paraguas del marido, levantó el capó de la máquina y extrajo de un tirón el plástico que cubría la bandeja de bocaditos, dirigiéndose a la accidentada pidió ayuda y envolvieron con el nailon el cuerpo de la mujer.

«Apúrense, las acompañamos.» Entre Alma Desamparada y el viejo cargaron a mamá Consuelo.

En el hospital le hicieron una fea costura en la herida, aunque los médicos aseguraron que no padecería de graves consecuencias.

Mamá Consuelo había durado demasiado con

aquel bicho hijo de la gran puta. Se dijo a sí misma, autocriticándose. Alma Desamparada ni chistó, pero estuvo de acuerdo. Dos semanas fue solamente el tiempo que transcurrió entre la aparente desilusión de su madre y que volviera a ilusionarse con el mismo bicho hijo de la gran puta. Todo parecía indicar que con mayor ímpetu.

Hasta que la mujer tuberculosa de Agamenón falleció y él, en lugar de casarse con mamá Consuelo, lo hizo con una chusmísima del barrio de Atarés, famosa por marcar con hondas cicatrices las mejillas de sus rivales.

Mamá Consuelo decidió acostumbrarse a estar sola un tiempo. En fin, sola no, sorteando aventuras. Divirtiéndose, como decía ella:

—Yo me tengo que divertir, aún soy joven, ¿para cuándo lo voy a dejar, para cuando sea vieja pelleja? ¡Qué va, mi cielo, a mí que me quiten lo baila'o! Además, yo acabo de salir de una depresión.

—¿De presión? —preguntó su nueva amiga, recién llegada de Remanganagua, allá por donde el diablo dio las tres voces y nadie se enteró, porque por allí no había ninguna Juana de Arco para andar escuchando voces extrañas. Una guajirita desmejorada, transparente de lo flaca, y apestosa a corral.

—Sí, chica, depresión, ¿tú no sabes lo que es la depresión?

—Aaaah, a mí me encomendaron mucho en mi pueblo que no dejara de cocinar en esas ollas...

—¿Cuáles ollas?

—Esas de presión que tú hablas, las ollas de presión, mira, por nada se me olvida...

—Ooooye, pero mira que tú eres bruta, de-pre-si-ón, vieja, quiere decir estar en baja, melancólica, triste... Tristeza, ¿tampoco sabes lo que es?

—¿Tristeza? ¡Ay, Consue, cómo no voy a saber lo que es! Pero yo no tengo tiempo pa' eso, corazón...

—¿Pa' qué, esta niña, si se puede saberrr?

—Pa' la tristeza boba que tú dices... Ahora, eso sí, una olla de presión sí que me encantaría tener, ¡dicen que ahorra un tiempo pa' hacer los frijoles!

Mamá Consuelo la dejó ilusionada, no había modo de hacer entender a aquel tronco e'yuca.

Alma Desamparada y su madre dormían juntas por falta de cama, y de espacio en el cuarto para poner un catre. Ni corta ni perezosa, mamá Consuelo brindó un lado entre ambas a su nueva amiga, Maricusa Alambrito. La adolescente pensó que su madre se pasaba de solidaria.

Maricusa Alambrito se levantaba rezongando diariamente entre dos y tres de la tarde. No disparaba un chícharo. El trabajo urbano no se había hecho para ella, además de que se quejaba de que ella ya había halado mucha carreta con buey en el campo, y debía aprovechar este descanso. En cuanto se vestía, se largaba a la calle y no llegaban ella y mamá Consuelo hasta muy avanzada la madrugada, borrachas como perras.

A ese ritmo su madre vivió infinidad de aventuras amorosas. Al tiempo volvió a empatarse con un jabao achinado sin pestañas, flaco, cabezón, borracho también, además vago. Alardeaba diciendo que él era obrero de la construcción, pero nunca nadie lo vio con un ladrillo en la mano, ni con una brocha, ni tan siquiera con una mínima capa de polvo sobre su piel canela y lampiña.

El jabao le cogió la baja muy rápido, e iba a tumbarle la jama, a pegar la gorra en casa de su viejuca, como él alardeaba. Sabía que Alma Desamparada mataba por las papas fritas. «Ay, mi *amol*, mi chini, mi mamirriqui, qué ganitas de comerme un bandejón de papitas fritas», pedía, fingiéndose el suplicante.

Y allá iba mamá Consuelo, desviviéndose por su jabao, a privarse ella y privar a su hija de la ración de papas que comerían aquel día. El único bocado con que contaban para alimentarse. Alma Desamparada sintió deseos de moler a puñaladas a aquel tipejo, simulador de tremendo detalle. Su madre tenía suerte para los maricones malignos que venían a taparse la letra con ella. «¡Chini, mira lo que hizo la monstrua de tu hija, me dijo maricón!», lloriqueó Lampiñoso, ése era su estúpido nombre.

Mamá Consuelo arremetió con un bofetón, no a

él, a ella, a su hija, que le partió el labio. Sangró bastante. Después, arrepentida, le dio un beso; la quería, sí, la quería.

En aquella época abuela Buba había muerto y tía Primor andaba vendiendo bolsas de cocaína camufladas en cajas de talco, o en paquetes de café Hola. Nadie vino a socorrerla, a mimarla. Nadie la quería.

Alma Desamparada pensó que si un día encontraba a su padre, a su verdadero padre, puesto que ella tendría que tener alguno, ya que para existir como ella existía se necesitaba semen, un pito que lo eyaculara, y un hombre dueño de aquel pito; cuando ella encontrara a su padre y, disuadiéndolo para que le enseñara su pie, pudiera por fin comprobar que aquel hombre era justificadamente su padre, entonces le rogaría desesperada que la amara, que no partiera nunca más de su lado; ella no se desprendería de su camisa.

Al rato de aquel trance regresó a la calle a jugar quimbi cuarta, después al taco, con los pandilleros del parque Habana, y se olvidó de la mierda que era su vida. Hasta de sí misma. Ya no era más una hembra, sino un varón. Le fascinaba ser varón.

¡Ah, cuánto daría por ser varón! Cuánto no hubiera dado por ser hombre. Así podría cortejar a su madre, conseguir que ella se enamorara perdidamente de él. Si ella fuera hombre, sería un hombre de provecho. Pediría en matrimonio a su madre. Se casarían, proveyendo así a su madre de todo tipo de comodidades y la aseguraría con un futuro estable, con una hermosa vejez. Si ella fuera hombre, haría muchos niños a su madre, quienes serían sus hermanos, y a la vez sus hijos.

Siendo hombre, ella conseguiría que su madre fuera muy feliz. Lástima que no lo era. Porque mamá Consuelo lo que ansiaba cada minuto era un hombre. Era un asunto que exigía, desaforada: «¡Ay, Santísimo Dios, no me castigues así, dame un hombre, uno de verdad! ¡Yo quiero un hombre, coño de tu madre, un hombre, diiijeeee! ¿O es que tú estás sordo pa' la pinga, y es por eso que no acabas de ponerlo en mi camino?»

MAL ACOMPAÑADA

Se hallaban acostados en una cama tendida con sábanas mugrientas, llenas de ladillas, garrapatas y piojos. Nunca antes Alma Desamparada había ido a una posada, y mucho menos con una persona que le triplicaba la edad. Él la aventajaba con treinta y dos años.

A lo lejos, algunos muchachos repiqueteaban en unas latas un guaguancó improvisado, aquella música logró disipar su mente por un rato. La posada quedaba en la calle Cienfuegos, y era una de las más recochinas de toda La Habana. Por esa zona la gente había olvidado la significación de la palabra agua; cuando tenían sed tragaban saliva.

Él pidió disculpas por invitarla a semejante sitio tan ruinoso, pero se justificó diciendo que no tenía suficiente dinero para pagar algo mejor.

Se habían conocido de la manera más simple, él trabajaba en una oficina a pocos metros de la escuela de Alma Desamparada. La ventana del despacho daba a la del aula de la muchacha. Él se dedicó a velarla en permanencia.

Primero fueron miradas, lánguidas miradas; luego poemas lanzados en taquitos de papel muy bien doblados para que el maestro no los descubriera. Unos poemas desastrosos. A Alma Desamparada no le gustaban los poemas, le aguijoneaban de dolor el centro del pecho. Provocaban como asma. Los poemas no podían comerse. Y ella padecía hambre crónica.

Después de innumerables intercambios de miradas y de kilómetros de papel higiénico malgastados en versos (en la época no había papel para escribir, pero sí para limpiarse el culo; hoy escasean ambos), él decidió citarla en el parque Central, por donde ella transitaba cada día para ir a la secundaria y anocheciendo de regreso a su casa. Para ella era demasiado viejo. Tuvo miedo de que fuera su padre. Antes de iniciar la conversación pidió que se descalzara y desnudara sus pies. ¡Uf, qué alivio! Sus dedos eran largos y disparejos, el dedo del medio sobrepasaba a los demás; las uñas, sin embargo, bien recortadas. Grandes pies planos; finos, nada de fofos, sin un callo, sin una dureza. La joven comparó sus pies con los del hombre y quedó convencida de que entre ellos no existía ninguna relación consanguínea.

Anochecía, caminaron silenciosos hasta el muro del Malecón. A ella le daba un poco de vergüenza ir acompañada de aquel viejo. En realidad, no lo era tanto.Estaba a punto de cumplir cincuenta y uno. ¡Qué carijo!, pensó, total, aquí el que no moja empapa.

Sentados encima del muro él besó y mordisqueó sus labios. Su aliento agradaba perfumado a mango, pero por su saliva corría el sabor amargo del tabaco. Acarició el cuello de la muchacha, admirado de su lisura. Miró hondo en sus ojos, era la primera vez que alguien indagaba en su mirada. Un barco hizo su entrada lentamente a sus espaldas. Era hermosa la escenografía; ellos con la ciudad enfrente, la bahía detrás, y ese barco tan cercano deslizándose como una promesa.

«No permitas que te humillen... —aconsejó él—. Nunca dejes que te traten mal. Yo te amo.» Alma Desamparada vibró con aquella última frase oída por primera vez; Radamés nunca se la había dicho, entonces se acurrucó dentro del pecho del hombre. Ese instante era lo más divino que le había ocurrido en la vida, debía aferrarse a su duración; por favor, que nada ni nadie perturbara aquel momento de eternidad. Los marineros del barco vocearon burlándose de la pareja, eufóricos porque irían a tocar tierra.

Así fue como iniciaron su relación. Él le dio libros distintos, solía ser un excelente provocador de lecturas, amante de todo tipo de música, conocía la mayoría de los clásicos del cine, era un despergollado por la ópera. Podría haber sido un hombre perfecto si no fuera porque estaba comiéndose un cable y le triplicaba la edad.

—¡Dioooos, mándame un hombre rico, un millonario, coño! ¿Es que no me oyes, destúpete los tímpanos? —Así rezaba su madre y ella la recordó, divertida.

—Tu madre es una pobre mujer, muy bruta; pero es tu madre —comentó el hombre aquella noche en la posada, adivinándole el pensamiento.

Habían llegado al mediodía y sin apenas darse cuenta, entre caricias, poemas recitados, y singueta tras singueta, les había sorprendido la noche. A través de la ventana se colaba el espesor del humo de los trenes mezclado con la brisa salobre proveniente del puerto. En el horizonte las estrellas se quejaban en rumor de punto guajiro. Alma Desamparada estaba harta de toda la supuesta belleza de la noche, del país, del mar, de las palmas. A ella le daba lo mismo pito que flauta, se recontracagaba en las palmas, ella necesitaba llevarse algo caliente al estómago, y que no fuera sólo semen tibio de aquel tipo que se había autotitulado su protector sin que nadie se lo pidiera. Lloró serena en apariencia, pero con un volcán interior; estrujó sus brazos entre los muslos, ovillada, semejante a un feto. Tan flaca se había puesto que, a modo de contorsionista, con la punta de las manos pudo tocarse el coxis cruzando los brazos por su sexo.

—Ven, te amo, acércate, necesitas consuelo...

—No vuelvas a repetir esa palabra, lo que menos necesito es esa maldita palabra... —Su rostro apuntaba como un puñal hacia él, quien por un momento no entendía que «consuelo» era el nombre de la repudiada y a la vez amada madre.

—Tienes que volver a querer a tu madre. A ella le debes el nacimiento, ella te crió...

Alma Desamparada mordió la sábana con rabia:

—No sigas, no sigas o te mato, te lo juro que te mato, del último que esperaba cinismo era de ti... Yo la quiero, la quiero mucho... —sollozó con jipío.

—Cálmate, niña.

—No soy una niña, lo sabes muy bien, ¿o es que no singo como las mujeres?

Él intentó recuperarla estrechándola, ella se rebeló:

—No me toques, yo no necesito la lástima de nadie. Yo lo que quiero es un bisté, bien gordo y grande, quiero comer, cojones, lo que sea, pero comer...

Había hablado en un mascullar, conteniendo la ira, amenazándolo con picarle la jeta mientras empuñaba el filo de un bombillo roto. De súbito volvió a llorar, colocó el improvisado puñal sobre la desmantelada coqueta, y se derrumbó en brazos de su amigo:

—Perdona, me estoy comportando como ella...

—¿Como quién?

—Como Consuelo, esa madre mía que nunca me ha dado el cariño que una hija ansía.

—Espérame unos segundos, intenta dormir un poco. Voy a bajar para pagarle al tipo tres horas más y traeré comida.

—No jodas, a todo lo largo y ancho de esta isla hijaeputa no hay nada que comer, ni nada que pensar, ni nada en que creer…

—Créeme, espera una media hora.

El hombre era alto y delgado. Canoso pero con la piel aún bien conservada. Fumaba mucho. Encendió un cigarro. Comenzó a vestirse. Ella apreció su tranca, algo para respetar en tamaño, pero ya empezaba a ponerse blanda. Tal vez debido a la edad. No, qué va. Si Chaplin tuvo hijos hasta los ochenta años y se comenta que el manda'o era de una consistencia de la repinga de su padre. Probable de que la blandenguería de aquella yuca fuera la consecuencia de su mismo tamaño, es decir, víctima de su don. Es más difícil de elevar ese amasijo de carne, venas, y semen. Inclinado, besó su frente.

—*Quimbobó que resbala / pa' la yuca seca…* —cantó.

—Mi cachorra divina —suspiró él.

Demoró más de lo previsto, alrededor de una hora. En ese espacio de tiempo ella pensó (cosa que detestaba) y durmió (algo que adoraba). Dormir era su droga preferida. El chirriar de la puerta la despertó. En seguida le dio el olor a comida y se lanzó de la cama como quien va a asaltar un banco.

—'Pera, 'pérate, no te desafores, criatura.

En momentos como ésos él perdía la compostura y hablaba como cualquier guaposo del barrio de Cayo Hueso. Afloraba en él su época de presidiario. ¿Quién no ha estado preso en Cuba? La pregunta está mal dicha. Que levante la mano aquel que sea libre, un ciudadano sin una mancha en su expediente, aquel que no haya sido marcado por los grilletes. Muchos pedirán un diccionario para buscar el significado de la palabra «libre».

Desenvolvió de una bolsa de plástico una pierna de jamón.

—¡Ñooooooo! ¿Y esa maravilla qué es? —exclamó, alborozada. Ella nunca había visto en su vida ni un trocito de jamón.

—Una pierna de jamón, el cocinero de El Baturro logra sacarlas escondidas en las bolsas de la basura. Traje ron para enjuagarla un poco.

Ella se relamía con los ojos casi fuera de las cuencas. Esperó a que él despegara unas cuantas suciedades del pernil y lo limpiara quitándole el polvo. No pudo más y se tiró a clavarle los dientes como un tigre a su presa.

—Una tigresa... una verdadera fiera... Eso, nos hemos convertido en fieras... Si me demoro un poquitico más me hubieras devorado con idéntico salvajismo con que estás comiendo ese pernil. Unos años más y esta isla será tierra de caníbales.

Alma Desamparada no prestaba atención a su discurso, depredaba, mordía, tragaba sin apenas masticar. Devoró hasta la mitad del hueso, y le dejó la otra mitad a él. Bebió también la mitad de la segunda botella de ron, eructó, y quedó como catatónica haciendo la digestión, proceso que ya había olvidado.

Él, sin embargo, comió delicadamente, y sin exageraciones. Al finalizar envolvió una buena parte en un periódico, bebió ron, y se acostó junto a ella a besarle las rodillas, a chuparle los dedos de los pies. De buenas a primeras ella volvió en sí, pestañeó, se desperezó estirando el cuerpo a más no poder, bostezó. Dijo cualquier frase cariñosa y estúpida. Sintió deseos de templar frenéticamente.

Con frecuencia ella era la que tomaba la iniciativa. Mientras que él disfrutaba del romanticismo del besuqueo, ella tomaba las riendas del acto. Ella fue hacia el dedo gordo del pie del hombre, lo ensalivó y, agachada, se lo introdujo en su vagina. Entonces hizo alrededor de quinientas cuclillas a toda velocidad encima del dedo. Al rato pasaron a hechos más concretos.

—Tú eres lo mejor de mi vida. —Así selló ella ambos orgasmos.

—No cesas de repetirme eso; no es así, tu familia

es lo primero, tu madre... —replicó él con aire católicón.

—Quiero verla muerta; sí, no me mires con esa cara de carnero degollado, a mi madre... Hay veces en que lo único que deseo es su muerte. Sé que después me arrepentiré. Pero es su culpa... No, no quiero verla muerta. Es mi madre, quiero que me dure toda la vida.

Terminaban invariablemente hablando de lo mismo, de la madre alcohólica envidiosa de la hija y del padre ausente. Aquella relación estaba condenada al hastío. Bastante duró. El tiempo de que ella fingiera hacerse amiga de la mujer del temba; el tiempo de que ella se volviera imprescindible para su amante y la esposa de éste; lógico, no sabía ser sincera.

Una tarde él la sorprendió conversando muy acaramelada en la esquina de Tejadillo y San Juan de Dios con un hombre que andaría por la treintena. A él le dio un escalofrío en la rabadilla, se le enfrió la caja torácica, y las palmas de las manos chorrearon, sudorosas. Ella, adelantada, los presentó embarajando el tiro, con un leve mohín de disgusto, pero calculadora.

—¿Quién era? —inquirió él cuando estuvieron de nuevo a solas, esa vez en la posada de 11 y 24.

—¿Que quién era quién de qué? A mí que me registren, no sé nada de nada...

Él asumió su acostumbrada paciencia, aunque en el interior era un ciclón:

—No tienes que engañarme. Puedo compartirte. No soy celoso. Pero nunca olvides una cosa: como yo te amo nunca nadie te amará. Recuérdalo hasta que te mueras, cuando te traicionen, cuando te hagan sufrir, recuerda que me tuviste a mí que te amé como a nadie. Cuando seas una anciana no lo olvides, por favor, yo te amo tanto que puedo morir de amor por ti. Yo te amo tanto que puedo compartirte con otro con tal de no perderte.

Ésa fue la respuesta fatal. Ella precisamente no deseaba ser compartida con nadie, ella ansiaba a un hombre de otro siglo, como esos arrebatados que contaba su abuela que habían sido sus amantes, de los de antes que se fajaban en duelos por las mujeres; uno que se batiera por ella como un corsario, o un noble conquistador. La relación fue enfriándose, ella faltó a varias citas. Él cerró a cal y canto las hojas de la ventana de su oficina.

Es cierto, a cada rato ella se acuerda de él, tan tierno, tan intelectual, tan consentidor; el hombre que más la quiso; quien no fue exactamente a quien ella más quiso.

FELIZ DÍA DE LAS MADRES

Los días del año que detestaba eran en primer lugar: el día de las madres. Después, el día de los padres. En tercer lugar, el día de los niños. Navidades no se celebraba jamás, por eso no podía sentir ningún sentimiento adverso contra tales fechas. No soportaba las fechas que celebraban el cariño como si de algo trascendental se tratara. El cariño debía ser natural. A ella, o la querían siempre, o prefería que jamás la quisieran; la hipocresía le provocaba un nerviosismo trágico, retortijones en el estómago, espasmos, vómitos, minúsculas trombosis en las venas de las extremidades inferiores, es decir, varices en las piernas y tensión ocular, por esta última razón el oftalmólogo le había prohibido usar lentes de contacto.

Debía comprar cualquier regalo para Consuelo —ya no la llamaba mamá—, pues no le perdonaría que ella no tuviera en cuenta llevarle un detalle representativo de su cariño de hija en día tan señalado. ¿Qué regalarle a Consuelo? Era una mujer de gustos muy difíciles. Además de que nunca apreciaba los esfuerzos de su hija. Ella podía ofrecerle un diamante de talla inimaginable, que venía otro que le trajera un mojón y la madre encontraría más interesante y oportuno el mojón. Se decidió por el perfume. Su madre adoraba los perfumes. Ella siempre le regalaba perfumes, para no errar. De todas maneras, la otra replicaba:

—¿Perfume otra vez? Vieja, concho, qué poca imaginación creativa tienes.

El perfume no era bueno. En aquel país sólo vendían perfumes malos. Muy apestosos. Pero falta de puntos de referencia, la gente compraba muy contenta lo que le ofertaban.

—¡Y pensar que en otros tiempos en esta ciudad había una tienda Guerlain, igualita a la de París! —suspiraba desolada la madre, quien en el pasado usaba Maderas de Oriente y no precisamente Guerlain.

—Ya lo dijiste, eran otros tiempos... —subrayó su hija.

—No seas sangrona. Este perfume es una basura, huele a rayo, a rabo encendido. —Colocó el frasco encima de la mesita de la cocina, haciendo un mohín de repugnancia.

—Sabes que no tengo acceso a otro tipo de regalo de mayor calidad, a nada exuberante. Soy pobre.

—Eres pobre porque te da la gana. Mira tu amiga Amalia cómo se encontró un tipo con dinero, con mucho dinero. Y Carmelina se empató con un maceta con casa propia, carro, y una cuenta en el banco que p'a qué. Pero tú sigues en la bobería de acostarte con muertos de hambre, una partí'a de vagos que nada más se te pegan p'a chulearte...

Alma Desamparada apretó la mandíbula para guardar la forma y evitar alterarse y dar una mala respuesta.

—Sigue moviéndote en la marginalidad, que te veo en el camino de la Vieja Gatera, indigente y con una retahíla de gatos arrabaleros detrás, robando comida por ahí, con tremenda peste a meados...

—¡Cállate, coño! —No supo contener la ira.

—No me callo nada, mira a Carmelina, con un marido rico, viviendo como la princesa de un marajá.

—Sí, con un marido que tiene ochenta años.

—La edad es lo de menos. Mejor, así se muere más rápido y ella heredará joven; se vengará más rápido.

La muchacha volvió a frenar sus impulsos, despreciaba el carácter calculador de su madre.

—La misma Amalia, tan paciente, ya tiene dos hijos con veintiún años; parir joven es lo mejor; cuando salga de la crianza le quedará tiempo suficiente para divertirse.

Para su madre lo más importante en la vida era divertirse, tener dinero para divertirse, casarse con un buen partido, de preferencia un millonario; como si los millonarios estuvieran a montones, con sólo estirar la mano, bota'os y por la libre. No poseer un automóvil era síntoma de precariedad. Cualquiera hubiera pensado que aquella mujer salía directamente de una novela de Honoré de Balzac, cuando en realidad era el arquetipo de un personaje de Cirilo Villaverde o de Miguel de Carrión. «Honorato es mi escritor preferido. ¡Qué manera de describir mi vida, el muy degenerado!», aseguraba ella como si hubiera sido íntima amiga del escritor.

Su madre era lo más parecido a Dr. Jekyll y Mr. Hyde. Cuando estaba bebida se volvía muy agresiva contra ella. Cuando estaba clara podía ser muy tierna y comprensiva. Los días festivos de las madres siempre bebía, mezclaba ron con whisky, vino con cerveza; un cóctel bastante explosivo teniendo en cuenta que beber le cortaba el apetito. Los tragos con el estómago vacío hacían un peligroso efecto en ella.

En una ocasión, Alma Desamparada llegó al apartamento y encontró la puerta abierta, y en el interior la vorágine, todo patas arriba, un reguero padre. Habían robado con toda evidencia. Antes de llamar a la policía Alma Desamparada discó el número del trabajo de mamá Consuelo para avisarla de lo sucedido.

Mamá Consuelo corrió, y al corroborar que faltaba dinero, cortes de tela que ella había guardado desde tiempos inmemoriales, comida, zapatos, y una secadora de pelo, se puso a patalear arrancándose mechones de pelo. Si Alma Desamparada hubiera tenido los medios habría reemplazado lo robado al instante. Partió muy apenada del estado en que había dejado a su madre. Dos días más tarde fue citada por la policía, su madre la acusaba de la fechoría. No fue fácil conseguir que la vecina confesara la verdad, que había descubierto al ladrón a través de la mirilla de la puerta. Habían sido dos, para más exactitud. Un hombre, quien había quitado una persiana de la ventana que daba al corredor y por allí introdujo en el apartamento a un chico que contaba alrededor de nueve años, vestido de uniforme escolar. El niño fue quien abrió la puerta al verdadero ladrón.

Madre e hija anduvieron en tejemanejes de bronca durante seis meses. Desde entonces Alma Desamparada sustituyó el sustantivo «mamá» por el nombre propio de Consuelo. Aunque su madre nada tenía que ver con tal acción piadosa. Se trataban a pedradas, pero ambas se amaban.

DOBLE VIDA

Abrió la puerta y el espejo del armario le devolvió la imagen de un payaso. Nunca había deseado ser víctima de nadie. Aquella mañana se le había aclarado demasiado su vida. Había salido muy temprano de casa, había vuelto a las once de la mañana con una caja de dulces de regalo para Consuelo, esa madre suya. Tu vo un mal presentimiento cuando se le apretuncó la respiración del costado de las puñaladas que su madre le había propinado cuando niña.

La halló tirada en el suelo, lamentándose. Lo primero que hizo fue levantarla con gran dificultad, desmadejada como estaba pesaba quintales. Había engordado mucho en los últimos meses. El aliento etílico dio como una ráfaga sobre su rostro. Fue a la cocina y corroboró que Consuelo se había bajado dos botellas de ron y unas cuantas pastillas de trifluoperacina en tres horas. Volvió a ella:

—¿Por qué lloras? —preguntó conteniendo la furia.

—¡Déjame sola, maldita puta de mierda! ¡No sé por qué carajo te parí! ¿No te das cuenta de que por tu culpa ningún hombre se ha acercado a mí con buenas intenciones? ¡Cada vez que me echo un marido se fija en ti, a todos se les hace la boca agua contigo! ¡Mira, me voy a matar, y tú serás la culpable de mi suicidio! —Después la abrazó y le dijo que la quería más que a nada en el mundo.

Corría por todo el apartamento, enloquecida, levantándose el vestido y enseñando su bollo desnudo, despelusado. Alma Desamparada escondió el rostro entre las manos crispadas. Las lágrimas brotaron en contra de su voluntad. Sintió deseos de lanzarse del balcón al vacío. Respiró hondo:

—Cálmate, ya lo has dicho varias veces... Sabes que el alcohol te hace daño, no debes beber...

—¡Déjame, vete y déjame, vete a vivir con tu padre!

—Si supiera quién es...

Cayó en el suelo con el peso de toda su humanidad, haciendo un descomunal estruendo. Ahí se queda, se dijo Alma Desamparada, mejor si se muere de un infarto. Qué horror, cómo puedo pensar así de ella, de mi madre. Es terrible que me tenga que ocupar de esa mujer. La vida es un eterno chantaje. Mis padres no se ocuparon de mí, ahora que están viejos soy yo la que tengo que asumirlos, con sus defectos, sus enfermedades, sus malacrianzas.

—¡Mamá, mírame!

Ahora que Alma Desamparada estaba en la edad de divertirse, la edad en la que justamente su madre andaba divirtiéndose en el pasado, ella debía volcar su vida en ella, sólo porque era su madre. ¿Y ser hija no contaba en aquel entonces? La familia es una mierda. Esta vida es una mierda. La que se suicidaría sería ella, se dijo.

—No, no vas a suicidarte, no seas imbécil. Siempre te queda la venganza —replicó el payaso desde el espejo.

—¿Qué venganza ni qué venganza? ¡Anda a que te den por saco! Odio la venganza —increpó ella.

—No faltes al respeto. Tienes dos opciones: o te marchas a un sitio donde ella no pueda encontrarte y te olvidas de su existencia, o...

—No tengo valor para abandonarla, sería inhumano...

—Te queda una alternativa. La cual a mí me conviene, me arregla de perilla, porque es la única manera que tengo de existir como un ente verdadero.

Alma Desamparada escudriñó en sus pupilas verdes, la nariz roja en forma de pelota, la boca pintarrajeada en una mueca.

—Si supieras vivir en exageradas proporciones tu segunda vida, tu doble existencia... En la cual, yo, como payaso, adquiriría mayor relevancia... otra sería la historia.

—No entiendo...

—Sería el caso de anular tu personalidad real por completo y que yo, tu segunda e imaginaria personalidad, pudiera acaparar tu alma.

Alma Desamparada sonrió, irónica. Encendió un cigarrillo. Había dejado de fumar, pero en crisis como éstas retomaba el vicio. No andaba errada la propuesta. En definitiva, ella era eso, un payaso. Un payaso patético, un payaso triste. Un muñecón con el que todos jugaban.

Consuelo roncaba desparramada en el suelo, respiraba amplios sorbos de aire y luego su pecho entrecortado amenazaba con estallar. En el espejo el payaso multiplicaba monerías, canturreaba, ensayaba piruetas; parecía más alegre que nunca. Una música muy estridente de circo invadió el cuarto, Alma Desamparada se tapó las orejas, era desesperante soportar aquel ruido espantoso. Tomó un libro muy voluminoso, lo lanzó contra el espejo y lo hizo añicos. El payaso seguía ahí, insistiendo en sus murumacas. De pronto puso un pie en el exterior, en la realidad, e intentó abrazar a su antigua amiga. Ella lo rechazó, violenta.

—No seas mal agradecida, he sido tu confidente y tu mejor aliado desde que tienes uso de razón; no vayas a despreciar mi oferta... A decir verdad, no cuentas con una considerable variedad… Gracias a mí podrás inventarte una vida nueva. Yo podré conseguir que idealices a tu familia hasta tal punto que olvidarás lo desagradable vivido con anterioridad. Anda, hazme caso.

Ella vaciló.

—¿Qué debo hacer?

—Muy sencillo; toma un cuaderno, escribe, desahógate, luego quemas los papeles, ¡y a olvidar!

—Bah, eso ya lo hice mil veces.

—Y cada vez tendrás que recomenzar, cada vez… Es un círculo vicioso. Nunca podrás cortar por lo sano, si no reinventas tu vida en cada ocasión que te ocurra un contratiempo como el de hoy. Deberás decirte, y creerlo, pero fíjate, cada vez, lo subrayo, te convences a ti misma: Yo no soy ésa, yo soy el payaso, y tengo una vida feliz, esto que sucede no son más que los hilos de mi imaginación, enredados entre ellos.

No pudo contener la carcajada. Decidió marcharse lejos, dejar embarcada a su madre con el payaso, largarse de una vez hacia algún lugar donde no tuviera que inventar nada de nada. Recogió la cartera, pasó por encima del cuerpo de Consuelo, y se dirigió a la puerta. El payaso se interpuso entre ella y la salida. De un empujón lo lanzó contra la pared. Abrió la puerta y descendió la escalera con toda rapidez, mientras repintaba sus labios de rojo.

El aire marítimo regodeado en su cara le recordó cuando su madre trabajaba en las taquillas de las playas de Marianao, en el Náutico, reservado a los militares. Todos los niños la envidiaban porque qué bueno era tener una madre que cuidara playas, qué suerte. En esa circunstancia aprendió a nadar desde los tres años.

Una tarde Consuelo se marchó olvidándose de que su pequeña estaba en la arena acompañada de un grupo de adolescentes. Cuando llegó a la casa fue que echó en falta a su hija. Entonces hubo de hacer el viaje de regreso para buscarla. La niña lloraba, abandonada en medio de la solitaria arena. Serían alrededor de las nueve de la noche. Un mal sueño.

La muchacha parpadeó, abrió los ojos, la luz rojiza de una de las más bellas puestas de sol bañó sus pupilas, su piel brilló, anaranjada. Divisó a lo lejos a aquel personaje que le era muy familiar, encima del muro del Malecón el payaso se desplazaba en volteretas de campana, divirtiendo a un grupo de niños churrupieros, con los mocos verdes cruzándoles las bocas y goteándoles de las barbillas. Sus caras hambrientas sonreían, embriagados por las maromerías de aquel payaso de mentira.

Ah, la mentira. Entonces Alma Desamparada halló interesante rehacer su historia, empezar desde cero. Tumbaría el edificio y con los escombros retornaría a reconstruirlo. Al menos sería entretenido. Un juego más. Posiblemente el definitivo, el último. Una bella y grandiosa mentira. Una mentira útil. Total, el mundo estaba repleto de prodigiosas y provechosas mentiras.

Pero ella amaba a Consuelo. Mamá, te amo, y no es mentira.

CARTA AL PADRE

Estuve alrededor de media hora, o más, con los ojos cerrados, moldeando tu rostro nuboso, mis párpados temblaban ante la silueta perfilada por la memoria. Pensaba en lo que iría a escribir en esta carta. No se me ocurría nada digno, mucho menos bello. Así la mente vaciada de recuerdos, gélida, parecía una esponja reseca. En realidad he persistido treinta y tantos años intentando entender tu enigma. Tal vez no exista el tal misterio. Ambos hemos estado demasiado retraídos. Ahora creo que de mi parte podré. Sin traumatismos. Mintiéndome a mí misma sobre mi infancia, dándote más posibilidades a favor de tu perdón.

Aunque de aquella niña que anheló tanto tu presencia queda bien poco. Sólo una mujer paralizada por la incertidumbre, despojos de una hija que ni siquiera pudo añorar tus regaños, porque no se extraña lo que no se tuvo. Hija de mujer, y no tanto hija de hombre. De tu parte, nunca he perdido ilusiones, espero la ansiada respuesta.

A muy temprana edad tomé conciencia de que mi madre, mi tía, mi abuela materna y yo éramos pobres, y que tú pertenecías a una estructura social muy diferente de la nuestra, y que ustedes, mamá y tú, se habían divorciado cuando apenas yo había cumplido dos meses de nacida, entre «otras cosas» porque mi abuela paterna se sentía avergonzada de la falta de recursos de la familia de mi madre. Mi madre fue padre y madre.

Las *otras cosas* eran por el estilo de que tú contabas seis años menos que mi madre, lucías muy atractivo, vestías bien, y gustabas de escapar noche tras noche a los bares acompañado de amigos y de consejeros de mala calaña. Mamá debía encerrarse en casa a cuidar de mí, lactándome cada tres horas, aguantando mis caprichos, mis jeremiqueos desagradables, limpiando flemas, cambiando culeros, y oliendo agrios eructos y peos de bebé.

Poco tiempo después de mi nacimiento te echaste varias queridas. Los escándalos no se hicieron esperar, afloraron justo cuando yo empezaba a gorjear y ustedes dos sólo eran dos manchas agitándose violentamente alrededor de la cuna donde yo me debatía por aclarar mi mirada.

Mi madre quemaba tus mejores trajes, echó a perder la combinación blanca de dril cien hundiéndola en el inodoro, botaba tus zapatos del balcón hacia la calle. Ella siempre ha sido muy celosa, con razón. No pudo soportar que la traicionaras. Tú viviste excelsas o triviales aventuras con mujeres de la vida, también amaste a otro tipo de muchachas, digamos listas, y te olvidaste de nosotras, por un buen rato. Luego te casaste con aquella chica que ignoraba que tú ya estuvieras casado y que además debías responsabilizarte de mi existencia; mi madre la puso al corriente de la situación con lágrimas encharcándole la vida.

Pero ella también se había enamorado y más tarde te dio dos hijos.

Yo no contaba como hija tuya. Me tachaste de tu agenda.

Fue más grave, sospecho que nunca gocé del derecho a vibrar en tus sentimientos.

Sin embargo, mi madre nunca deseó que perdiéramos aunque fuera una mínima relación. Como en casa no teníamos teléfono y tampoco podíamos visitarte, pues incluso nos habías prohibido las llegadas sorpresivas a casa de Yiya Matraquilla (mi abuela paterna, allí vivías de tiempo en tiempo), entonces mamá y yo bajábamos a hacer la cola para el teléfono público. El plan Tanganika, así se mofaba la gente: te meas, te cagas y no comunicas. El sistema telefónico estaba terrible. Pasábamos largas horas sentadas en la acera esperando el turno antes de poder marcar el número, cuando por fin nos tocaba bien estaba interrumpida la línea o no cesaba de dar ocupado. Yiya Matraquilla cotorreaba con sus amigas.

A punto de que los demás nos expulsaran de la cola conectábamos con ella, quien simulaba que se sentía sumamente apenada y nos alentaba a que insistiéramos de nuevo, ya que andabas de juerga. Tú no aparecías, o te escondías. Lo terrible era suponer que pronto iría a hablar contigo, y que esto no sucediera con frecuencia. Una vez que la cita telefónica era concertada, entonces la conversación dejaba mucho que desear, un auténtico fracaso, te costaba un esfuerzo enorme hilvanar frases coherentes. Se notaba que tú eludías por todos los medios confesar tu cariño. Yo rezaba, en vano, para que soltaras las palabras que cambiarían mi vida: «Hija mía, te amo.»

Únicamente preguntabas si hacía falta dinero; total, para jamás enviar ni un centavo. No te preocupaba mi proyección escolar, ni preguntabas de qué color eran mis vestidos, a decir verdad no tenía muchos, tal vez uno, pero eso tampoco te quitaba el sueño. Nunca supiste si tenía juguetes, tampoco recibí un regalo de tu parte. La primera muñeca que poseí fue obsequio de un enamorado de mamá, quien la había comprado en El Encanto, antes de que la célebre tienda fuera volada en pedazos a causa de un sabotaje.

Los adultos me prevenían con anticipación de que yo debía hablar contigo a través de ese aparato negro y pesado de baquelita, y a mí me aparecían unos estigmas en la piel, verdugones, como marcas de latigazos, las orejas querían reventárseme de lo hinchadas y acaloradas, la temperatura subía entre treinta y nueve y cuarenta grados. La emoción oprimía mi pecho pese a que nuestra conversación se reducía a un monólogo insensato de tu parte, y a mi cara haciendo gestos afirmativos, y a mi madre agitada arreándome unos pescozones: «¡Habla, estúpida, que él no puede adivinar tus murumacas, anda, cuéntale que ayer te llevamos al zoológico! ¡Ay, cuidado, no se te vaya a ir que Romualdo fue quien nos invitó! ¡No debe sospechar que tengo un enamorado! ¡Recuérdale que la fecha de tu cumpleaños se aproxima, a ver si se digna venir a vernos, o al menos mandar dinero!»

Ella se ponía tan, o más, alterada que yo. El apogeo de su enredillo nervioso era tal que no se daba cuenta de que vociferaba y de que tú podías oír sus barbaridades. Entonces yo me cansaba del estira y encoge entre ustedes, de descubrirme a mí en el papel de la soga elástica, que cada cual halaba por una punta.

Extendía el brazo devolviéndole el auricular; ella, una vez a la escucha, se volvía de lo más serena y, cosa curiosa, no exigía nada, ni te recordaba el más mínimo detalle, apenas musitaba que pronto yo cumpliría años. En aquella época yo no podía evitar la timidez al oír tu voz, y eso debido a que mamá evidenciaba el terror pánico que tú le inspirabas. Ella colgaba y soltaba el insultante comentario: «Será tu padre y todo, pero es un cafre, el pobre, un socotroco sin remedio, su caso no tiene cura. Así y todo yo estuve metida con él, y cantidad, no puedo negarlo.»

Entretanto yo me iba haciendo una idea espantosa del amor, si eso era amar a un hombre, pues el amor no me importaba.

En esa ocasión, en mi sexto aniversario de vida, nos diste la sorpresa de manifestarte, deseabas celebrar mi cumpleaños. Hacia el mediodía enviaste a un mensajero, mi padrino Héctor, para que adelantara el *cake*. Era una torta redonda, cubierta de merengue rosado y blanco, en el centro habían escrito lo de «Felicidades, niña, en tu día». ¿Por qué en lugar de «niña» el dulcero no escribió mi nombre en el adorno? Héctor explicó a mi madre, medio gagueando, que tú le habías encargado lo de la golosina y que a la hora del cuajo él no se acordaba de cómo me habían bautizado, entonces te telefoneó, y en ese momento tú tenías un lapsus y tampoco podías recordarlo.

Era cierto que nos habíamos cruzado bastante poco, y dos meses después de mi nacimiento, ambos, padre y madre, aún no se habían puesto de acuerdo con respecto a cómo me llamarían. Por esa razón me inscribieron tan tarde. Finalmente fue mi abuela materna, Buba o Romana la Cariñosa, quien hubo de resolver el asunto. «Se llamará Alma Desamparada, porque es mejor andar sola que mal acompañada», sentenció la Cariñosa, quien jamás se desembarazaba de un séquito de admiradores, o de aduladores, ya que siendo cantante de zarzuela, tenía un don especial para las pésimas compañías.

Esa noche de mis seis años (yo nací a las ocho y media en primavera), viniste a recogernos a mamá y a mí en una flamante máquina pintada de azul plateado, tirando a niquelado. Se trataba de un auto, pero no por gusto la gente le llamaba máquina a aquel armatoste de hierro, un trasto pesado de los años cincuenta, aunque bien conservado.

El barrio se hallaba muy oscuro, los pandilleros habían apedreado los faroles y los bombillos de la esquina de San Ignacio y los del lado opuesto, en la calle Inquisidor. Apenas distinguía tus rasgos, olí tu perfume intenso, tu cara recién afeitada rozó la mía en un efímero beso; tirité a causa del perfume frío y mentolado de la crema de afeitar. Habíamos esperado por ti en el zaguán de la entrada del edificio colonial. No gozabas del permiso de subir, te estaba vedado el cuarto del solar de la calle Muralla donde vivíamos porque Romana la Cariñosa no deseaba cruzarse contigo ni en pintura; corrías el riesgo de perder la vida si tu pie cruzaba el umbral de la puerta. Abuela había jurado cortarte en trozos si osabas crear un conflicto entre mi madre y ella.

Antes de acomodarnos en la máquina diste la orden para que el chofer, mi padrino católico, Héctor, me sentara en la parte delantera del coche, y mi madre y tú ocuparon las plazas posteriores. Intenté observar hacia atrás porque oí un ruido extraño, un besuqueo y un manoseo arrugando la saya almidonada de mamá. Recibí un yiti en la cocorotina, un cocotazo con los nudillos de tu mano (mamá no protestó), adjunto a una segunda orden, no debía espiarlos bajo ningún concepto, nada se me había perdido en dirección a ustedes.

Comprendí que una vez más pasaría un cumpleaños estúpido, más bien amargado.

Yo no existía para nadie.

Ya de adulta supe por mi madre que en aquella cita ella intentó conquistar tu amor por segunda vez, es decir, te dio una oportunidad. Aceptaste jurando que te divorciarías de la segunda joven y que volverías a pedir en matrimonio a mamá. Le salieron raíces. Su esperanza era verde y se la comió un chivo.

Sabía que vivías en la misma ciudad, pero ignoraba tu dirección. Tus apariciones eran tan esporádicas que transcurrían largos períodos durante los cuales olvidaba tu existencia.

Creo que sucedió en otro de mis aniversarios, más o menos contaría once o doce años. Buba Romana y mamá me habían invitado a El Cochinito, un restaurante en El Vedado. Odiaba celebrar mis aniversarios comiendo. ¿Por qué no podían preparar una fiesta como lo hacía la familia de cualquier otro niño? Pero ¿con qué amigos, si yo no tenía ninguno?

«No hay espacio, el cuarto es demasiado pequeño», respondía abuela a mis súplicas. Por aquel entonces, tía Primor nos había echado de su apartamento y vivíamos en un cuartucho en un solar de la calle Muralla.

La Cariñosa anunció, hablando de medio lado: «Ahí llegó el padre de tu hija.»

No pude evitar orinarme en la silla. Él no reparó en nuestra presencia, siguió de largo acompañado de una de sus flamantes queridas. Buba y Consuelo se percataron del accidente de mi meada en la casa, a la hora de acostarnos. Ya dije que habitábamos aquel bajareque maldito sin baño y con cocina improvisada desde que tía nos había botado, y la peste a orine seco no dejaba dormir a nadie. Supieron perdonar el descontrol de mi vejiga cuando con los dientes traqueteándome anuncié que me sentía morir, sufría de fiebre emotiva. Llorosa, comenté que no quería saber nunca más de mi padre. Rogué que no te mencionaran en lo que quedaba de mi existencia.

A la mañana siguiente escribí un poema dedicado a ti, en el cual reprochaba haber sido creada con tu semen.

No volvimos a hablarnos hasta que cumplí los diecisiete años. Yo acababa de llegar de una escuela al campo, mamá fue a recogerme al parque de la Fraternidad, los camioneros dejaban las maletas en el instituto. Debimos tomar una guagua repleta que nos condujera al plantel para recuperar el equipaje. Un señor cedió su asiento a mamá, yo quedé de pie entre su hombro desnudo, ella sentada, y la multitud dando empellones detrás de mí.

Al rato sentí un sexo masculino hinchándose, pegado a mis núbiles nalgas. Incómoda, intenté cambiar de sitio, pero no logré desplazarme debido a lo apretujados que nos hallábamos. Mamá se dio cuenta de que algo raro ocurría. Estiró su delgado cuello perfumado con colonia Madrigal y fijó la vista en el rostro del hombre que me pasaba en estatura. «Bendita casualidad, Alma Desamparada, ése que te jamonea es tu padre.»

Era el mismo que vestía y calzaba, tú, que desde hacía quince minutos gozaba repellando mi culo con su tolete enhiesto y respiraba grueso encima de mi nuca. Viré el rostro. Si antes había sentido pudor de mirarte, ahora era yo la que disfrutaba repudiando tus escarceos incestuosos, inocentes, claro. Estabas más rojo que un tomate maduro. Ahí descubrí que tus ojos son del mismo color miel que los de mamá. La mezcla dio como resultado mis ojos color verde aceitunado.

Ambas descendimos en la parada siguiente. El próximo encuentro contigo sobrevino dos años más tarde.

En lo que el bumerán va y viene, empezaron a asediarme los novios. A uno de ellos, a quien conocí en una fiesta, y con quien compartí seis o siete salidas sin siquiera informarme de su dirección, presté aquella libreta de versos. El muy vivo no sólo no la devolvió, sino que desapareció con mi único tesoro. El azar quiso que fuera uno de mis primos paternos, pero como no había tenido el gusto, o el disgusto, de ser presentada a la numerosa descendencia familiar, tampoco la coincidencia melló mis sentimientos. Poco a poco fui secándome, y agriándome.

Lo supe porque andaba repasando las materias de las que me debía examinar en la biblioteca de Prado y en eso descubrí a una adolescente que me observaba, insistente. Su compañera de estudios vino hacia mí esbozando una mueca socarrona y colocó un papelito doblado encima de uno de los libros consultados. La nota decía:

Soy Rita, tu medio hermana.

Sonreí desde lejos con las comisuras rígidas, no me detuve y continué fingiendo que estaba absorta en mis ecuaciones algebraicas, haciendo creer que aquella noticia no cambiaba en nada mis más inmediatos planes.

Sin embargo, acudía durante los mediodías a estudiar a la misma mesa, y la autora del mensaje tampoco perdía ni pie ni pisada sobre mi persona. Yo fingía como si conmigo no fuera, me montaba el personaje de la absoluta indiferente y evitaba cruzar mi mirada con la suya.

A veces debía partir más temprano que de costumbre, mi medio hermana se aferró a mi brazo en el instante en que me disponía a abandonar el recinto:

—Fabio —así se llamaba el novio que había robado mi cuaderno de versos— es primo nuestro. Él me enseñó tus poemas. ¿Por qué no vienes conmigo a casa?

—Devuélveme la libreta.

Ella extrajo de su mochila el fajo forrado en plástico, puso el objeto que conformaba toda mi riqueza en mis manos, sosteniendo la mirada con firmeza. El parecido entre ambas nos había dejado embriagadas. Había más ternura en sus pupilas que curiosidad.

—¿Vendrás?

—Hoy no; debo pedir permiso a mi mamá.

Sonrió con el rostro ensanchado y de un impulso estampó un beso en mi mejilla para en seguida echar a correr por la calle Oquendo hacia Zulueta en busca de un ómnibus que la transportara a aquel sitio adonde ella vivía contigo.

Como de costumbre, al día siguiente retorné a la biblioteca, esperé hasta que cerraron el local a las doce de la noche, mi medio hermana no reapareció, ni ese día, ni ninguno de los siguientes tres meses. El curso escolar terminó y perdí la ilusión de volver a hablarle.

Con las vacaciones volví a olvidar.

Ocho meses después, fue mi medio hermano, el más joven de los tres, quien vino a darme la noticia. Tú estabas preso por problemas políticos, y a Rita y a él los habían expulsado de la escuela. Gabriel había averiguado la dirección donde yo pernoctaba con un templante de baja estofa. El hombre nos observaba como a bichos raros, por fin murmuró entre bocanada y bocanada de humo: «Ahora me desayuno con que tienes hermano, hermana, y además padre, creí que eras bastarda o huérfana...», y eructó con peste a cebolla podrida

El hombre tuvo la delicadeza de encender otro cigarro e ir a fumar al corredor, al rato anunció que se iría a dar una vuelta por el barrio.

Gabriel y yo nos fundimos en un abrazo. La piel nos ardía.

Contó que Rita se había mudado a una choza en el campo con una amiga también expulsada de la escuela. Se sentía demasiado atribulada y avergonzada como para venir a visitar mi escondrijo.

En aquella ocasión no nos confesamos verdades rotundas, yo percibí aquella caricia como la antesala de una pérdida, aunque no era más que un extraño comienzo.

En dos años cumpliste la condena y presentaste la demanda de salida del país. Tardaron en concedértela un año más, anduviste con suerte. Durante ese tiempo más o menos coincidimos con cierta regularidad. Tres o cuatro conversaciones banales que no duraron más de quince minutos. Una amistad más estrecha quise establecer con mis hermanos, pero tu nuevo estado de perseguido no facilitaba las citas.

Buba Romana la Cariñosa había fallecido. Con la vejez, Yiya Matraquilla, mi abuela paterna, aprendió y accedió a bajar de su pedestal pequeño burgués, y aunque no me tragaba, sabía cuándo convenía decir a diestra y siniestra que yo era su nieta predilecta. Mamá siempre había deseado que tú y yo nos entendiéramos. Nadie iría a prohibir nuestra relación. La de un padre y una hija que empiezan a tratarse con reticencias. Pero el destino trazó rumbos diferentes.

La hermana de un amigo que trabajaba en la Reforma Urbana nos dio la noticia que desde hacía dos días tú habías entregado el apartamento al gobierno y que abandonarías el país acompañado de tu esposa y de uno de mis medio hermanos. No lloré, aunque podía suponer que sería el último de los adioses, el definitivo, pero ya estaba acostumbrada a tus desapariciones; tragué en seco y me fui al cine a pensar.

Rita sucumbió al embrujo de una mujer y nos vimos sólo una vez más. Yo también andaba muy atareada entre pasiones y estudios. Más tarde ella también se marchó a juntarse con su familia en el extranjero.

Hacía un calor endiablado en La Habana. Un calor que duró y duró... Me hice adulta esperando que la temperatura refrescara.

Seis años después yo estaba preparando la maleta para viajar a Nueva York. El motivo era la preparación de un guión cinematográfico, además de la búsqueda de locaciones para la posterior realización de la película.

Seis años más tarde yo vivía sola, en un apartamento con teléfono prestado por una amiga. Mamá no cesaba de llamar a Yiya Matraquilla. El tono, como de costumbre, daba ocupado. Por fin consiguió hablarle: «Hola, Yiya, ¡cuánto tiempo sin vernos! Chica, mira, te llamo para ver si puedes facilitarme la dirección de tu hijo en Nueva York. Alma Desamparada hará un viaje y le gustaría ver a su padre.»

Hice señas de que abandonara, pero ella siguió insistiendo, casi suplicando.

La respuesta fue negativa.

En Nueva York también hacía un vapor de olla de presión. Ningún miembro del equipo de realización del filme había estado con anterioridad en Estados Unidos. Aquello nos parecía un sueño. Desde hace cuatro décadas, para un cubano resulta toda una aventura, es un verdadero privilegio, viajar a la Gran Manzana. Siendo más lejos, es más fácil tomar un avión hacia Europa que en dirección al norte. Razones sobran, y sería tedioso volver a los tormentos costumbristas. Es llover sobre mojado.

El corazón henchido parecía no tener cavidad en mi pecho de tanta emoción, tuvimos suerte, pues el taxista se dio cuenta de que éramos primerizos y nos entró en la ciudad por el puente de Brooklyn. ¡Ah, cuántas películas de emigrantes pasaron por mi mente en ese instante!

El taxi nos condujo al hotel, a dos pasos de Broadway. Al abrir mi ventana pude leer en la marquesina del teatro de enfrente que anunciaban a Raúl Juliá y Meryl Streep en cartelera, actuando como protagonistas en la misma pieza. Maldije no tener dinero suficiente para poder pagar una entrada para el teatro, luego recorrí con la vista los demás anuncios.

Acostada en la alfombra, oí las sirenas de los patrulleros. El humo expelido por el metro subía por los respiraderos hasta mi habitación, pues me hallaba instalada en un primer piso de un modesto pero confortable hotel de barrio. Restregué mis ojos, pellizqué mis brazos, reí con ganas demenciales, no podía creer lo que estaba sucediendo. ¡Yo, en la mata de la jungla!

Pensé en ti, tú estarías respirando en algún sitio de aquella ciudad. De súbito un escalofrío recorrió mi rabadilla, cabría la posibilidad de que hubieras muerto. Yiya Matraquilla había dicho a mamá en varias ocasiones: «Háganse a la idea de que el padre de esa chiquilla malcriada no existe. Él no quiere saber nada de nada de ustedes.»

La abuela matraquillosa había llegado a una edad donde el delirio puede ser interpretado como un resbalón en el umbral de la desaparición, pero tumbados bajo ese dintel, o acomodados en su quicio, podemos durar hasta agriar el amor. Luego de expulsar por la boca horrores de mí, sin transición se encantaba diciendo que yo era su nieta favorita, que de los tres era la más educada y obediente, entonces se despatarraba a injuriar a mis hermanos. Supongo que cuando yo viraba la espalda su venganza contra mí alcanzaba el *nec plus ultra* de la crueldad. Aunque para ser justos, en ella el factor vejez debía de ser considerado un extra, porque siempre fue así, una lengüilarga, chismosa y chivata.

No, tú no podías haber muerto, yo te presentía

muy próximo de ahí, de mí. Venía de cumplir treinta años y añoraba vivir contigo. Reprochaba a mi madre no haber luchado más por conservar tu cariño, no haber batallado para que continuaras junto a nosotras. De adulta he resentido más tu ausencia, porque puedo analizar el producto que soy. La mujer esquiva que salió de aquella niña sola. Atolondrada e insegura. Es por esa razón que deseo controlarlo todo, porque desde muy pequeña sufrí la sensación de que viviendo entre mujeres yo debía suplir al hombre ausente de la casa.

Oscureció tarde, los reflejos de las luces de neón invadieron mi cuarto, estaba quedándome dormida, intuía que soñaría contigo, y lo deseaba. En eso tocaron a la puerta. Los amigos venían a invitarme a La Palma Oriental, un restaurante chino-cubano.

En el trayecto al restaurante esperaba que de un momento a otro iría a tropezarme contigo. ¿Cómo serías? ¿Afectuoso o antipático? ¿Alto y esbelto? No podía recordar tu figura, sólo permanecía claro el timbre de tu voz en mis oídos. La desazón en que me encontraba sumida hacía que tu físico se borrara de mi mente, no podía atrapar tu imagen. Mamá aseguraba: «Ustedes en lo que más se parecen es en los pies. ¡Es increíble, pero tienes el mismo pie gordito y con los dedos parejos!»

Cenamos arroz frito, una cantidad enorme, desde hacía treinta años no comíamos esa receta, tampoco mariposas salteadas, ni tantas exquisiteces que fuimos descubriendo a medida que el camarero chino-neoyorkino nos fue agasajando. La ensalada de aguacate nos supo a gloria, el fufú de plátano aliñado con bastante ajo nos colmó de regocijo el paladar. Bebimos una cerveza china deliciosa cuyo nombre sonaba a palabra soez: Tshin-tsgao. Pese a que hubo chistes, risotadas, y que nos dimos cita con otros amigos exiliados a quienes no veíamos desde la más temprana juventud, y que ellos nos acompañaron a deambular por las zonas accesibles, y que paseamos hasta las cuatro de la madrugada; pese a esa dulce y, al mismo tiempo, exagerada alegría que nos embargaba, yo no podía apartar mi pensamiento de ti.

A la mañana siguiente desperté alrededor de las siete, me reuní con los demás y luego de desayunar nos dirigimos a Union City en New Jersey para estudiar las posibilidades de ubicar nuestra historia fílmica en la popular calle Bergenline.

El sol se había levantado temprano y ya comenzaba a picar en la piel. Agosto no es buen mes para descubrir la riqueza étnico-geográfica de Nueva York, menos de New Jersey. Comprendo que el invierno apacigua la algarabía que colorea los barrios de esa mezcla apabullante de cubanos, colombianos, dominicanos, puertorriqueños, venezolanos, entre otros originales orígenes. En verano, Bergenline se parece a Guaracabuya, sin duda alguna, pero con de todo, como diría mi madre, es decir, con tiendas, farmacias, restaurantes, cafeterías, bares. De todo, para no aburrir.

No bien habíamos avanzado trescientos metros, siendo ésta una calle bastante larga, cuando descubrí un letrero anunciando una mueblería: «Valdivieso Furniture». Qué casualidad, pensé, mi mismo apellido. Mi vista planeó cinematográficamente descendiendo hacia la entrada.

En la puerta se hallaba, cual un muñeco de cera, un señor canoso, más bien de estatura mediana tirando a lo baja, con los brazos echados hacia atrás, una mano agarraba a la otra por la muñeca y las dos descansaban encima de los riñones.

El hombre oteó en ambas direcciones de la calle, luego sacó un peine de carey y lo pasó por sus cabellos lacios y abrillantados, sacudió la pechera de su impecable saco gris, tomó una pose seductora como para atraer clientes. Al rato dio la espalda al exterior y llamó a alguien de adentro de la mueblería para que fuera a reemplazarlo. Como el interpelado demoraba, el primer sujeto, evidentemente patrón del negocio, volvió a vocear.

Quedé paralizada. Reconocí tu voz.

Al instante volteaste el rostro y reparaste en mi presencia, tus pupilas se posaron en las mías. Comenzaste a recular, vacilante, yo fui hacia ti, decidida, y mientras más yo avanzaba más tú te adentrabas deseando buscar refugio. Por fin detuviste tus pasos frente a una cómoda años cincuenta:

—Si no fuera porque estoy en este país diría que eres... Usted es el vivo retrato de mi hija...

—Soy yo, papá. —Las piernas no podían sostenerme del temblor, pero continué—: ¿Cómo me reconociste?

—No has cambiado nada, la misma cara de tu madre.

—Vaya, ella afirma que me parezco a ti.

—No sé en qué.

—En los pies.

Iluminaste el día con una sonora carcajada, ¿recuerdas? Yo nunca había escuchado tu risa. Ríes y tal pareciera que podrías morir de un infarto, el rostro toma una coloración casi violeta, las venas de las sienes se hinchan, los ojos lagrimean, se acorta tu respiración, toses, te golpeas el pecho. Muy parecido a mi padrino negro, Ricardo Corazón de León.

—Pero, pero ¡¿cómo llegaste aquí, muchachita?!

—Vueltas que da la vida. Ya te contaré.

Pasamos juntos la mayor parte del tiempo de aquellos diecinueve días. Almorzábamos, cenábamos, no parábamos de conversar de asuntos triviales. Me hiciste sencillos, pero hermosos regalos. Maletas de ilusiones. Yo me moría por regresar para que mamá supiera de lo bien que te habías portado conmigo, de que por fin podía asegurar que no me habías olvidado. De que algo, aunque fuera un poco, o más que un poco, debías de quererme.

Quisiste saber más acerca de mi vida íntima. Sí, papá, cuán difícil me resultaba llamarte *papá*...

«Sí, papá, tengo pareja, seguro que nos embullaremos y nacerán hijos. Por el momento sobrevivimos.»

El mayor obsequio fue estrechar a mis hermanos. Su sinceridad hizo que yo aflojara mis agarrotados músculos a causa de la tensión que sentía al no tener la certeza de un buen recibimiento por parte de ellos. Gabriel se había marchado con ustedes, Rita, como ya dije antes, lo hizo un tiempo después vía Panamá. Gabriel siempre ha sido el más apegado a la familia. Aunque Rita venera tu masculinidad.

Siempre ha sido una grata sorpresa corroborar la ineluctable verdad de que tengo hermanos, pero esa vez el contacto ocurrió en un más allá indescriptible, como si toda la vida hubiésemos convivido bajo el mismo techo.

Pocos días antes de partir, mi pecho comenzó a comprimirse de tristeza. Esa mínima felicidad terminaría pronto. ¿Volvería a Estados Unidos? Existían noventa y nueve probabilidades para que el viaje no se repitiera.

Los técnicos me habían avisado de que desdichadamente la película no se rodaría en territorio norteamericano. Por lo tanto debía ir preparando otro adiós, otra vez supuestamente definitivo.

Tú y yo, padre, hemos pasado la mayor parte del tiempo despidiéndonos. Todo adiós ha sido lo más semejante a una muerte, a todos esos actos de defunción hemos resucitado de milagro.

En aquellos diecinueve días nos dijimos discursos pletóricos de preciada humanidad, pero jamás escuché la frase que tanto he esperado, tal vez no hace falta que la digas. Pero, ya sabes, entretanto han pasado un par de años, mi hija nació, y sé cuán importante es confesar a los niños que sus padres los quieren.

Regresé a La Habana. Mamá iba de la alegría (al ver realizado su sueño) al susto, temiendo que yo deseara juntarme contigo y que la abandonara. Pero podía más en ella el fervor de que tú y yo reanudáramos la comunicación. Tus llamadas telefónicas dejaron de ser un suplicio para convertirse en necesidad. Tu voz reseca se convirtió en un lejano y cómico percance de la infancia.

Ahora que estoy presa, amortiguada en esta celda imaginaria que es la escritura —inerte en el *trompe l'oeil* de espejos, desequilibrada en la cuerda tensa entre verdad y ficción— donde sólo si yo advierto que tú me observas y que soy importante para enriquecer tu ternura y no soy únicamente un dato más para tu percepción de la realidad; entonces puedo admitir que eres tú, auténtico. Mi padre, y no el payaso de mentira. Es ahora que debo confesarte, papá, que cuando aquella noche te descalzaste y pude comparar mis pies con los tuyos logré respirar aliviada. Porque sabía de dónde venía. También de ti.

Te amo, y deseo decírtelo cuanto antes. No quiero que ninguno de los dos muera sin que yo te lo diga, o te lo escriba. No voy a descansar hasta verte de nuevo cara a cara. Cierro los párpados y acaricio tus besos en mis mejillas y puedo oír tu voz mientras manejabas en dirección a Nueva York tarareando una melodía de Orlando Contreras:

En un beso la vida...

Ah, el sueño de la vida. Vivo soñando la libertad. El peligro es más extenso de lo que pensaba. Padre mío, alivia de una vez ese espacio ensombrecido de mi infancia, por favor, responde a esta carta.

REBELDE

¿Rebelde, yo?

¿Por qué tenía obligatoriamente que ser combativa? ¿Por qué debía ser participativa, ofensiva, agresiva? Yo, que era todo lo contrario, indiferente, pasiva, introvertida.

Siempre fui del tipo de niña que, entre mirar la tele, o a una lavadora de puerta delantera, prefería esta última. Por suerte, en mi casa tuvimos televisión bien tarde, y jamás lavadora, ni siquiera las Eurekas soviéticas.

En cierta ocasión, interrogatorio mediante, me preguntaron si yo era revolucionaria. Dije que sí. Con terror respondí que sin duda alguna. Revolucionarios, para mí, también habían sido Rimbaud, Picasso, los Beatles... Porque no le daba solamente el sentido político a la palabra revolución. En la época del interrogatorio se decía con frecuencia que dentro de la revolución todo, pero contra la revolución nada; por supuesto, en sentido estrictamente político. Preferí ser enamorada, más que rebelde sin causa.

No había tenido una buena infancia, y no podía perder mi juventud hablando cáscaras de plátano. Yo me había transformado en un payaso.

Veintiocho años después de la entrada de los barbudos en La Habana me hallaba becada en París. Había logrado un pasaporte gracias a mi inteligencia, pero todos creían que había sido gracias a la bienhechora Revolución, así con mayúscula. Eso tienen de jodido las revoluciones, hay que estarles agradeciendo todo, eternamente, desde el desayuno —si es que hay—, hasta el sueño; es decir, la vida.

Mi personalidad carecía de rebeldía. Para ganarme esa beca tuve que mentir, el ejercicio favorito de muchos. Recurrí a la estrategia del payaso, enfrentar con seriedad la realidad tan semejante a un chiste.

Había presentado un proyecto poético —sí, aún existen sitios donde los proyectos pueden ser poéticos— en La Rochelle, y había ganado una beca de seis meses, billete de avión y estancia corrían por la parte francesa. La revolución no había tenido que gastar un centavo en mi viaje. Y en cuanto a mis estudios, los pagué al contado con seis escuelas al campo en las cuales participé, trabajando, descalza, porque no había número de botas para las mujeres, lo mismo en el tabaco que en la recogida de papas o de tomates, igual en el café que en el desyerbe, así en la guayaba, como de aguatera en la caña; comiendo día y noche arroz blanco con boniatillo. Si eso era ser revolucionaria, pues entonces, no quedaba más remedio, yo lo era. Ya que, si no se cumplía con las seis escuelas al campo, podía una irse olvidando del derecho a una carrera universitaria, así tu cerebro se asemejara al de Einstein.

Como iba diciendo, veintiocho años después de mi fecha de nacimiento, me invitaron a una cena parisina. Al llegar, luego de desembarazarme de abrigo, bufanda y guantes, fui presentada, con orgullo patrio, por la señora que me había llevado:

—Queridos amigos, les presento a una joven cubana, nacida con la revolución.

No sabía que ser cubana y haber nacido con la revolución era tan *chic* en cierto ambiente intelectual francés. Por otra parte, siempre que oigo la famosa frase «nació con la revolución», imagino a mi pobre madre aguantándose los pujos, censurándose los dolores, en espera del triunfo de los guerrilleros para soltarme, porque si no parir no tendría ningún sentido.

Sonreí, resignada, en seguida tuve a unos cinco o seis hombres, entre escritores y filósofos, besuqueándome la mano. Las damas hicieron como si con ellas no fuera, no les resultaba cómodo aceptar mi presencia, todas pasaban de los cuarenta, con lo cual se hacía evidente que no compartían la «suerte» de haber nacido con ninguna revolución, mucho menos con la cubana. Aunque esto para ellas únicamente significaba que no eran tan jóvenes como la recién llegada, la benjamina intelectual y revoltosa. Al instante, el filósofo más célebre de la época increpó:

—Las personas que nacen con las revoluciones son todas rabiosas. —Y quedó extasiado con su propia reflexión.

—Ah, ¿no me diga?... Ahora entiendo el mal carácter francés... No es nada fácil mantener la ira sosegada desde 1789 hasta la fecha —respondí como un rayo.

Nadie rió, nadie se inmutó siquiera; contenían las respiraciones con un gesto petrificado en las arrugas de la frente, sólo el filósofo famoso musitó:

—¡Bravo! —Los demás respiraron, aliviados, pero aún con el ceño fruncido a causa de la respuesta de la heredera de un sistema social que por entonces contaba veintiocho abriles.

En esa cena lo conocí.

Otro cubano que estaba de paso por Francia, en viaje de negocios, según anunció. Vaya, vaya, en viaje de negocios con una empresa francesa, y yo que en aquel momento creía, como cualquier persona, que existía un bloqueo que impedía el comercio con países que no fueran los del Este. De todas formas, pensé «en todo caso, ¡abajo el embargo, y viva la noticia!». Él se aproximó no sin antes dar un rodeo.

Yo gozaba la veintena, hacia el final, y aunque nunca fui una belleza, un cierto aire masculino en las mandíbulas mezclado con la fragilidad de los gorriones en la mirada hacía atrayente mi presencia. Él aparentaba la treintena, pero en realidad acababa de cumplir cuarenta y dos. Un macho cubano solitario en una ciudad europea resulta un peligro en dos patas.

Sonriente, susurró:

—Te has portado como una verdadera hija de la revolución. El sujeto quería burlarse de nuestro país, acabaste con él...

—Me porté como lo que soy, hija de mi madre y de mi padre. A mí no me parió ninguna entidad política. —Me aparté porque mi detector de «segurosos» sonó, advirtiéndome que mi sinceridad corría peligro.

Sin embargo, él lucía diferente, sabía comportarse, no tenía nada que ver con la tosquedad de los espías, lo oí conversar y opinar sobre la exposición de Viena que presentaba el Beaubourg, y de inmediato quedé prendada de aquel *latin-lover* novedoso, maduro, tostado de piel, de pelo castaño claro y ojos grises.

Era el primer macho cubano diferente que me tropezaba, y poco a poco fui resbalando hacia el hechizo. Al finalizar la cena, no pocos invitados masculinos propusieron conducirme hasta el estudio de la rue des Rosiers, el metro había cerrado y no tenía suficiente dinero como para estar gastando en taxis.

Además, algo —la seducción del tipo— me empujaba a quedarme hasta el final, ni siquiera podía calcular lo tarde que se había hecho. Dio la casualidad que, al dar mi dirección, al único que le hacía realmente camino acompañarme era a él. Andaba en un carro prestado por la embajada. Un Fuego rojo. Los otros, al considerarse vencidos por el aspaventoso aventurero, se despidieron desdeñosos.

Esa misma noche nos hicimos amantes. Ni siquiera reconocí sus pies, a esas alturas los pies me importaban un comino. Bastó que lo invitara a subir al estudio a beber otra copa de vino. Los dos sabíamos que nos gustábamos. Las miradas, los roces, y el venir de un mismo sitio habían sido suficientes. Compartir la maldita tragedia, pensaba yo para mis adentros, nos une. Sí, insistía yo en mis cavilaciones, con un europeo me hubiera costado años, o quizás nunca habría sucedido.

Al amanecer nos sentíamos enamorados, y sufríamos por causa de nuestra futura y larga separación. Él se marcharía en quince días y a mí me quedaban cinco meses de estancia entre La Rochelle y París. Y aunque él estaba casado, en La Habana nadie lo esperaba, pues su esposa andaba de viaje por el sudeste asiático. Comenzó a planear su divorcio y nuestro posible matrimonio. A mí, por más que me encegueсía la pasión, no se me ocurrían proyectos tan locos y apresurados. Y no me mostré entusiasmada ante la idea de firmar un contrato de formalización de relaciones. Pero él aseguró que en la vida había que ser decididos, que sólo de esa manera aguerrida se ganaban las grandes batallas. De súbito, me sentí envuelta en todo ese desenfreno, que uno cree que es el amor, y que sólo lo da la lujuria al inicio de una pasión. Y como el invierno se anunciaba duro me abandoné a esos quince días de arrebato tropical.

Comentaba a menudo que su matrimonio no valía para nada, tanto a ella como a él les importaba un bledo ser pareja; no tenían hijos, se habían conocido durante la campaña de alfabetización y se casaron por embullo. Seguían juntos por inercia, pero antes de su partida habían puesto sobre la mesa las cartas del divorcio. Yo, por mi parte, no deseaba inmiscuirme demasiado en su vida privada; tampoco me invadía tanto interés por casarme a mi regreso, ni nunca. Pero él continuaba dándome cranque:

—¡Cuánto me gustaría vivir contigo, para siempre!

—No te apures, esas frases inmortales traen mala suerte. Veremos qué ocurre.

Ocurrió que pasamos quince días de paseos por museos, teatros, cafés, librerías y parques tentadores repletos de estatuas y de árboles. No dormíamos porque queríamos acaparar la mayor cantidad de tiempo para amarnos. Sucedió que verdaderamente nos enamoramos. Y cuando al cabo de dos semanas él tomó el avión rumbo a la isla se me paralizó el deseo, no podía seguir gozando del encanto europeo. París dejó de interesarme, la Rochelle era una tortura, y deambulaba sonámbula evocando sus caricias, esperando sus cartas cada fin de semana.

SÉPTIMO CIELO

Los cinco meses parecieron siglos, cada vez que mi trabajo lo permitía escapaba a Notre-Dame y colocaba una vela a cada santo rogando por el encuentro habanero con mi hombre, rezando por nuestra vida unidos.

A mi regreso, hallé todo arreglado para vivir en paz y felicidad. Él, divorciado, esperaba, absolutamente disponible. Yo moría de amor, en el espasmo y la ridiculez. Mi hombre se convirtió en mi esposo. Decidimos no hacer fiesta; de manera discreta dimos la firma al aburrido notario, y en pocos días permutamos con un amigo para una inmensa casa en Cojímar.

El amigo suyo, en cambio, se fue a vivir a La Habana, al apartamentico de mi marido, lo cual le permitía estar más cerca del trabajo ya que el transporte continuaba empeorando. A mi esposo le habían autorizado la compra de un carro, un Lada azul ministro 2107, aún había gasolina.

El primer año de nuestro matrimonio transcurrió en trance divino y armónico, plenos y radiantes. Nuestra historia de amor rebasaba cualquier acontecimiento social. Éramos tan insoportablemente felices que apenas nos dábamos cuenta de lo que pasaba a nuestro alrededor, o al menos eso experimentaba yo, la dejadez del éxtasis. Fui entonces más indiferente.

El amor, a veces, es tan ciego como la ira, y como ella no se puede ocultar, cuando se desenfrena es avaricioso, incontenible, no ve más allá de sí. Los dos años pasaron con espantosa rapidez, mientras más dichosos nos sentíamos, más pronto se extinguía el tiempo, sin percatarnos.

Entretanto, innumerables incidentes fueron dando cuenta de que, fuera de nuestro circuito, la realidad iba de mal en peor. Florecieron, marchitando nuestro paraíso sentimental, las primeras discusiones. Yo no podía estar de acuerdo con lo elemental: el hambre y la miseria, el sentido ridículo del sacrificio. Un sacrificio sin objetivos claros. La isla iba enrejándose en su anquilosamiento. Los muros anunciaban su futuro desplome y nosotros agregábamos cada vez más ladrillos al nuestro. No estaba de acuerdo, y tal vez me equivocaba, quizás eran otros los que se equivocaban. No podía estar de acuerdo con el abuso, los fusilamientos, los desaparecidos, los presos, los perseguidos.

Él, no; de ninguna manera podía admitir que la revolución cometiera errores. Ella era perfecta, tenía siempre la razón, estaba en el derecho de tener la razón. ¿Y el derecho de los otros? ¿Por qué los otros no podían opinar distinto y poseer igualmente la razón? Los acontecimientos nos fueron alejando. Es increíble, en cualquier sitio del mundo el cambio de un gobierno a otro no trasciende a la vida conyugal de manera tan determinante. Allí una simple guardia de comité podía provocar un divorcio, en el mejor de los casos.

Entonces comenzaron los fusilamientos. Uno de los fusilados era jimagua con otro que quedó vivo, en prisión. Para la religión yoruba desunir a los Ibeyis es mal presagio. Separar a hermanos jimaguas desataría la ira de Changó y de Oyá, padres de los gemelos. Changó, guerrero, mujeriego y adivino, rey adorado y temido, castigaría con toda la fuerza de su hacha. Por su parte, Oyá, diosa también guerrera, dueña de la centella, de los vientos, de los remolinos y del fuego, celadora del cementerio, era el brazo derecho de Changó y no permitiría, mucho menos siendo madre, que le hubieran separado a sus mellizos, los orishas Taebo y Kainde. Cuando, el último día del nefasto año 1989, los babalaos tiraron la letra, la profecía del año entrante anunció tragedias, accidentes, incluso naturales, epidemias, hambre y sacrificio de niños.

En Cojímar, una especie de calma chicha, simulada tranquilidad, invadía la atmósfera junto a la bochornosa fetidez del eterno verano. Las gentes, con los ojos vacíos, mascullaban entre dientes maldiciones en contra de la situación, sumamente revirados contra el régimen, pero sin atreverse a ir más lejos. ¿Quién ignora que los tanques están listos?

Nosotros, ángeles bravíos, peleábamos en nuestro cielo artificial: el hogar; sin distinguir con exactitud en dónde situar nuestra rabia, de qué lado ponerla. ¿O era que no teníamos derecho a ella, ni a nada? Debíamos aprender a conquistar la rabia. La tolerancia, ¿quería decir algo? Había abandonado todo, mi familia, mis poemas, para dedicarme, a entender más que a amar, a mi marido.

¿Por qué será que vivir el amor con entendimiento impide escribir poesía?

Al cabo de tantos episodios nacionales, él cambió radical conmigo. Mi marido regresaba cada vez más serio y abrumado. Contrariado, reparaba menos en mi presencia, apenas oía su voz, y se acostaba temprano sin desear tocarme ni una mano. Bebía como un salvaje. Comprobé que el amor lo abandonaba, o él era quien renunciaba a todo, intuí que estábamos a un paso de la rutina, de la costumbre que corroe y pudre. Cualquier otra mujer de otro mundo hubiera ido a un sicoanalista, yo fui a ver al santero del pueblo.

El brujero —nadie se extrañe de ello— era un coronel retirado que había perdido las dos piernas en la guerra de Angola. Santana vivía solo en una casona de tablas y mampostería. Su mujer lo había dejado por otro militar, amigo suyo, justo el oficial que la atendía en su ausencia. Santana lo supo inmediatamente después de volver mutilado de guerra. Ella alegó que estaba muy joven para dedicar su vida a un inválido:

—Es un inválido, pero sobre todo es un héroe cubierto de medallas —replicó un segundo oficial quien también la había visitado esporádicamente, ordenándole a toda costa que renunciara al amante y al divorcio, que su deber con la patria era fidelidad perpetua al coronel.

—Que yo sepa, ninguna medalla levanta un rabo, ¿sabes qué edad tengo? Veintiún años con todos sus ardores.

Recordé a aquel médico inválido de mi infancia, cuando fui a buscar a mi primo a la unidad militar. Dos inválidos en un mismo sitio no pintaban buen augurio.

Santana quedó abandonado como un perro sarnoso. Sobreviviendo de la brujería; resolviendo los problemas e intrigas del vecindario, tirando cocos o caracoles, y leyendo en los huesos de pollo para adivinar el destino.

Los años pasaron, y el esbelto, buen mozo coronel se fue secando en el sillón de ruedas. Sus ojos se volvieron transparentes, idénticos a las pupilas de un ciego. De vez en cuando lo visitaban, para hacerle la limpieza de la casa, dos viejitas espiritistas, tías suyas, que vivían en Casablanca, pueblecito al pie de la bahía habanera.

La puerta estaba entreabierta, me detuve en el portal y pude oír la conversación. La tarde que fui a visitarlo ellas me atendieron con exagerada amabilidad; habían terminado de limpiar, y se disponían a preparar una sopa de tiburón. Una de ellas descamaba el pescado, la otra machacaba ajos. Santana, lloroso, pelaba cebollas. En realidad, era una especie de monólogo sin sentido que entonaba el coronel, como si cantara hablando, o hablara cantando:

—Lo vi venir, lo que pasó lo vi venir, todo está escrito. Lo predije, sabía que sucedería todito, todito. Cuando se rompe un collar de Changó hay que apretar el culo y darle a los pedales. Tanto tiempo sin llover, y el diablo pidiendo sacrificios al pueblo. Tanto tiempo los mellizos en el monte. Presentía que uno de ellos lo desafiaría y habría condenas. Los Ibeyis fueron separados. Malo, malo. Está escrito: «Ellos no le hacen daño a nadie, y si lo hacen es porque fueron enviados, porque su dueño se lo ordenó.» Habrá que sacar de abajo de la tierra muchas frutas, caramelos, cocos, palomas... Habrá que sembrar una pitahaya.

Las viejitas asentían con la cabeza, entretenidas en sus respectivas labores, pero sumamente pendientes de las palabras de Santana. Avancé unos cortos pasos, el sol castigaba el cemento del portal y el calor trepaba por mis piernas, el sudor corría a chorros por mi rabadilla.

Llamé por su nombre al coronel, al mismo tiempo que toqué, tímidamente, con los nudillos en la gruesa madera del portón. Sabía que, después de la herida de guerra, al militar se le había transformado el carácter, y que insultaba a cuanto visitante o cliente atravesaba el umbral de su puerta. El mal genio corroía sus muñones; en seguida se abandonaba en el lecho, medio muerto de los calambres y punzadas en las cicatrices y en el hígado.

—Santana, Santana... —insistí.

—¿Quién es? —preguntó la viejita que machacaba ajos, interrumpiendo el mortero en el aire.

—Soy yo, la muchacha que vive en la casa rosada frente a la Terraza, necesito consultarme, ¿puedo pasar?

—Estamos intentando hacer una sopa de tiburón. No es el mejor momento... Pero, adelante, mi niña, puedes incluso quedarte a probar la sopa... —respondió la viejita que destripaba el escualo.

—¿Tu marido no es el que tiene un carro nuevo? —interrumpió el coronel con su vozarrón de desatar bombardeos.

—Sí. —Tenía las manos entripadas.

—Entra, quién sabe si algún día soy yo el que necesita de ustedes, para que me lleven en el carro a un hospital.

—No digas eso, sobrino, es de mal agüero tentar la desgracia —protestó la anciana de los ajos.

Las señoras no se comportaron de tan reacia manera como su sobrino y, muy afables, abandonaron sus labores. Una fue a buscar un taburete, después la otra me tomó del brazo hablándome, cariñosa, hasta el asiento colocado frente por frente del coronel. Cuando ambas volvieron a acomodarse a cada lado del inválido, reparé en que me observaban sin pestañear, con los ojos enrojecidos y desbordantes de lágrimas, extrañamente emocionadas. Santana, por su parte, seguía fingiendo el estúpido cortando en rebanadas la cebolla. Por fin habló:

—Hoy no es mi día, estoy muy ofusca'o, y además es jueves. No consulto los jueves.

—Por favor, tengo serios problemas con mi marido; no me habla, no me mira, no me toca...

El coronel se atacó de la risa, más burlón que contento. En lo único que él no intervenía era en desavenencias conyugales, aclaró con gritos atronadores, y razones le sobraban. Por lo cual ordenó que me perdiera de su vista lo antes posible. Las carcajadas —mezcla de cinismo, dolor e ira— compitieron con el bramido del mar. Una de las viejas lo paró en seco, sujetándolo por el hombro con su mano bordada de lunares rojos y surcada de venas verdiazules:

—No, sobrino, no te pongas bravo. No grites, ni rías de esa manera tan vulgar. A esta muchacha vamos a tener que ayudarla. Hija, ven a vernos cuando quieras. —La otra anotaba en un papel que su hermana me tendió—. Mira, toma, es nuestra dirección en Casablanca.

Supliqué que hablaran claro, que me escucharan; yo no podía partir así, sin conocer, sin que dijeran lo que ellas habían visto en mí. Porque lo que sí tenía claro era que algún extraño y negativo halo habían presentido alrededor de mi persona. Santana se puso peor; encolerizado, avanzó a toda la velocidad que le permitía su silla de ruedas; de súbito se detuvo y lanzó una cebolla sin pelar, que hizo blanco en el centro de mi pecho, dio en mi esternón como un bazucazo y me dejó sin aire. Sus brazos poseían la fuerza poco común que suelen desarrollar los inválidos. Las ancianas me sacaron con apenados empujones de la casa.

Bajé la loma sin respiración, chancleteando los zapatos, y cuando por fin absorbí la brisa renovada, mis pulmones agradecieron la humedad del salitre mezclado con el olor de las matas de ciruela y con la naranja agria. Desde lejos divisé, parqueado en el garaje, junto al jardín de jazmines, debajo del framboyán, el carro azul ministro de mi esposo. Corrí a casa. En el cuarto hacía un friecillo delicioso, los ventanales permanecían abiertos, las cortinas levitaban dentro de la estancia, columpiadas por el viento.

La luz rojiza de las cinco de la tarde invadía los muebles, los objetos; también a su cuerpo desnudo, acostado, rendido. De puntillas, me aproximé a la cama, lo contemplé ávidamente. Dudaba si acariciarlo o no. No quería despertarlo, pero me derretía de ganas de templar. Intuitivo, agitó los párpados, con los ojos cerrados levantó el brazo hacia mí, buscó mi mano, tiró de mí hacia él. Cuando besé su boca susurró:

—Estoy cansadísimo, muerto, hecho talco. —Me enfrié. Su respiración se hizo gruesa, también yo me dormí.

Nos despertamos alrededor de la una de la madrugada, hambrientos.

En lo que calentaba los chícharos para comer, conté mi aventura con las tías de Santana. De espaldas, en la cocina, pude adivinar su inquietud. No entendió por qué había tenido que visitar al coronel. Fue al baño, orinó largo y sonoro; se enfundó el pantalón y descalzo vino hacia mí. Por la manera como me acarició los hombros, nervioso y sin concentrarse en la caricia, comprobé que continuaba preocupado por mi visita. No quería cuentos con coroneles retirados dudosos y con viejas bambolleras y mentirosas.

Como yo no tenía nada que ocultar, espeté mi desconfianza, mi temor, y empecé a llorar. Pedí mil explicaciones. ¿Era que no me amaba más? ¿Ya no le gustaba como mujer? ¿Se aburría conmigo?

Me viró tierno hacia él, mi rostro quedó muy pegado al suyo. Nunca, nunca, podré olvidar su mirada gris plateada como la playa de Cojímar en temporada de ciclones. Olí alcohol en su aliento. Juró que no sucedía nada de eso de lo que yo sospechaba. Confesó que tenía serios asuntos que resolver en su trabajo, que sentía un rechazo enorme por los últimos acontecimientos, por sus superiores, por el patetismo de la realidad...

Se sirvió un vaso de ron Paticruzado. Además, había surgido un viaje y sería él quien debería partir. Le habían dado esa tarea para alejarlo, no le gustaba la idea de que lo alejaran un tiempo, tampoco quería separarse de mí. Hasta el momento estaba en condiciones de rechazar el viaje. Sólo partiría si yo era favorable a la separación momentánea.

Andaba obsesivo, preocupado, sucedían cosas terribles, y nadie se asombraba de las contradicciones, todo aquello era aceptado con una alevosía espantosa, así expresó sus sentimientos. Hasta él mismo se alarmaba de sus propias reacciones. Él, que, a decir verdad, nunca se había conformado con ninguna versión oficial, aunque demostrara lo contrario. Otro trago de ron. ¿Cuál no sería mi sorpresa al oírlo hablar así, que intenté cambiar el tema de conversación? Sabía cuánto dolor le provocaba hacer confesiones negativas. A pellizcos logré empujarlo encima del sofá:

—¿Por qué no jugamos a los refranes? Dale, empiezo yo, «quien busca halla».

—«Quien con lobos anda a aullar se enseña» —respondió, un poco menos alegre.

—«Quien a hierro mata a hierro muere.» —Continué pellizcándole el muslo. Él sonrió esta vez con toda la plenitud de su bella sonrisa.

—«Quien tiene boca se equivoca.» —Y aprovechándome lo besé.

—«Quien bien te quiere te hará llorar.» —Burlón, me dio una nalgada.

—«Quien siembra vientos recoge tempestades» —solté en un gritico.

Se puso serio de nuevo. Incluso me apartó violentamente. Volví a pegármele por detrás y de un soberbio empujón me lanzó al suelo. De inmediato, agachado delante de mí, pidió mil perdones. Se sirvió otro vaso de ron.

No, no podía perdonarlo, no entendía por qué había sido tan brusco. Últimamente sufría demasiados accesos de impetuosidad y los descargaba conmigo, contra mí. Acotejé mi vestido y salí dando un portazo, me dirigí a la playa.

El vientecillo nocturno refrescó mi cara empegostada de sudor, lágrimas y polvo. En mi interior bullía un grito. Las lucecitas de algunos botes de pesca alegraron de repente e hicieron que olvidara quién era: ¡Vaya cosa, una mujercita nerviosa por la irritación imprevista del marido! La noche era demasiado espléndida para que siguiera embebida en mi tristeza. Lo único que necesito para calmarme, mi gran meprobamato, es una luna inmensa, redonda. Contemplarla me disuelve en mil cavilaciones, fuera de mí, fuera del mundo. Tirada en el interior del hueco de un arrecife pude observarla mejor, tan magnífica en su trono irreal.

Sin embargo, medio adormilada, no pensaba en otra cosa que no fuera la futura ausencia de mi esposo; calculé que esta ocasión nos haría un bien enorme; acaricié la idea hondamente. Ansié con todas mis fuerzas que él no estuviera, que no existiera.

Al rato llegó, despeinado, enloquecido; dijo haberme buscado a todo lo largo de la playa. Como yo estaba adosada en el lecho de arena que el oleaje cava en la roca, la vegetación marina y los arrecifes ocultaron mi cuerpo y le había costado un esfuerzo tremendo hallarme.

Tomó mi mano, y me obligó a que corriera por

los dientes de perro, las rocas arañaron mis piernas. De un tirón logré soltar su garra.

Una vez más empezó la discusión, sin sentido, sin pretextos siquiera. Para él, yo era una egoísta de ampanga que no me percataba de sus problemas, que me pasaba la vida exigiendo amor, flotando en una nube, como un personaje de novelitas rosas. Gritó a voz en cuello que una comemierda de altura como yo de seguro no se daría dos veces sobre el planeta, que era muy desconsiderada con él al no compartir sus mismas inquietudes, sus principios, sus ideales.

Normalmente suelo ser muy pacífica, mi infancia había sido demasiado siniestra como para regodearme en abusos absurdos, pero cuando pierdo los estribos ni yo misma me conozco. Dicen que la cólera es injusta. No siempre. A veces no hay otra opción. Encabronada, vociferé también, ¿cómo cojones quería que comprendiera si nunca contaba nada? Su trabajo era un inmenso secreto, de un hermetismo a prueba de silencios. Un silencio originaba otro, y así, y así.

Había ansiado ser discreta, no preguntaba más de lo que él podía contar, las insinuaciones me dejaban perpleja e idiota. Preferí entonces que nuestro lenguaje, nuestra comunicación, fuera el de las caricias, el del sexo. Y ya ni eso. Alegó que yo nunca estaba en sintonía con su apetito sexual. Interpreté entonces que él tenía un horario para el sexo que no concordaba con el mío. No éramos compatibles en *planning*; sin embargo, nos llevábamos divino en la cama. Se trataba, pues, de una cuestión de acoplamiento de agenda, mi agenda erótica no coincidía con la suya. A veces sentía tremendas ganas y yo no, otras sucedía a la inversa. El problema era de desfase, como entre París y La Habana, un pequeño asunto de meridiano, de latitudes. ¿No estaríamos volviéndonos locos?

De súbito, agotados, calmamos la discusión y reinó la música inquietante del oleaje. Se me ocurrió decir que prefería que partiera, que tal vez necesitábamos reflexionar solos, que él debía alejarse de las angustias de oficina por unos cuantos días.

La luna iluminaba silueteando el rostro masculino de perfil; percibí cómo sus mandíbulas bajaron y subieron apretadas. Claro, eso era lo que anhelaban todos. Alejarlo. Hasta yo. Estaba harto. También yo. Sus ojos bizqueaban de tanto alcohol ingerido. Vivir con restricciones y carencias exaspera muy rápido, y en permanencia. En silencio, deseé su muerte y la mía. Para arrepentirme en seguida y pedir perdón, ¿a quién?

ILUSIONES CONFUSAS

El viaje sería para dentro de tres días. En ese tiempo nos reconciliamos, olvidamos nuestros desacuerdos, e hicimos proyectos para su regreso. Arreglaríamos la poceta, sembraríamos una segunda mata de aguacates en el patio, quizás también lechuga y tomates.

La noche antes de la partida apareció con dos regalos: una plancha y un exprimidor de naranjas. Las dos cosas que más detesto en la vida: planchar y exprimir naranjas. Pero como no había naranjas, pues se exportaban, me libraría de utilizar el segundo regalo. Esa noche planché la ropa que él llevó puesta en el viaje, organicé su maleta, y nos acostamos temprano. Hicimos el amor, como un ritual de la despedida. No sentía ganas, él sí. Los hombres casi siempre imponen sus horarios.

A la mañana siguiente me levanté muy temprano. Anuncié que iría al Rincón, que anhelaba reposar en una iglesia. Él rió como un loco, pero si lo que quería era una iglesia las había más cercanas, y no precisamente tan lejos. Pensé que era cierto, pero nunca había visitado el Rincón, la capilla de San Lázaro, y opiné que podía ser un día adecuado. Él no encontró raro que no quisiera esperar su partida; sabía con claridad que me aturdían las despedidas, odiaba los adioses. Dejé todo preparado, desayuno y almuerzo, él sólo tendría que bañarse, vestirse, tomar la maleta y salir echando hacia el aeropuerto. De todas formas, de su oficina enviarían a un chofer.

Nos besamos dulce y largo en la puerta. Murmuró, meloso, que pensaría mucho en mí; en nosotros, subrayó. Respondí lo mismo, con igual ternura.

Al salir a la frescura matinal del pueblo de pescadores más silencioso del mundo, me dije, llenándome el pecho de perfume marítimo, que amaba hondo a mi esposo.

A medio camino entre la parada de la guagua y mi casa, cambié de idea y decidí irme a la iglesia de Jaruco, en lugar de a la del Rincón. Lo que hizo desviar mi rumbo fue la búsqueda de paz total. Era domingo, y de seguro el Rincón estaría lleno a tope de devotos, fanáticos y vendedores ambulantes. Preferí refugiarme en la tranquilidad de un pueblo desconocido; cobijarme en la humedad de su pequeña y estropeada iglesia.

En vez de esperar tres horas por el ómnibus, me paré en el medio de la carretera para pedir botella.

La mañana levantó con todo el calor y el sol imaginables de un setiembre ardiente; el asfalto reverberaba, espejeante. Pasó media hora y nada.

Al fin apareció un sidecar, el tipo frenó a unos metros más adelante de donde yo estaba. Monté, y sin preguntar adónde iba, él anunció que su destino era Jaruco. Había salido con el pie derecho, pensé que era mi día de suerte. El viento aguijoneaba mi rostro y de tanta velocidad parecía que iba a dejarme calva arrancándome de un tirón el cuero cabelludo, incluso no podía controlar de manera recta el torso. El viento batía mi cuerpo como a un frágil arbusto. El azote del aire emborrachaba mis sentidos; el paisaje era sólo una franja colorida que zumbaba en mis orejas. Intenté hablar, preguntar cualquier bobería, pero el furibundo viento se coló en mi boca y, taponándola, selló el sonido.

No sé exactamente cuánto duró el trayecto, a mí me pareció bastante poco. Los goces nuevos no perduran. El motociclista me dejó en el centro del pueblo, en la plaza, frente a la iglesia. Esperé a que preguntara algo referente a mi persona o al viaje, a que hiciera algún comentario seductor. Nada, apenas escuchó mis palabras de agradecimiento, desapareció internándose a toda velocidad en una callejuela.

A un costado de la plaza, en la Casa de la Cultura correspondiente al municipio, celebraban un bailable, bafles gigantes y bocinas pregonaban la estúpida alegría del pueblo «entusiasta» y se oía la orquesta de moda: «Nadie quiere a nadie, se acabó el querer. Nadie quiere a nadie, se acabó el querer.»

Dos mulatas fondillúas y barrigonas, con sendas pintas de cerveza, remeneaban frenéticamente la cintura y los hombros, dos negros esqueléticos intentaban echar un pasillazo, haciendo de pareja de las mulatonas. Los demás se abanicaban con trozos de cartones o con periódicos viejos, contemplando más resignados que contentos el bailoteo. Lo último que me faltaba, una fiesta popular obligada. Los altavoces rompían con la posibilidad de mi añorada paz.

Me dirigí a la iglesia, entré y observé que se hallaba, no solamente abandonada, sino también en completa ruina. Los rayos del sol se colaban por múltiples huracos del techo, los escombros yacían sobre el altar mayor. El órgano corroído daba pena por lo cubierto de polvo y telarañas, los bancos habían perdido las patas y el esplendor del barniz y de la caoba. A la escalera de caracol, que daba al campanario, le faltaban peldaños y el púlpito se había derrumbado. Gigantescos helechos y plantas parásitas crecían en las paredes, añadiendo nuevas anécdotas a las dibujadas sobre la vida de santos. Es impresionante cómo puede un árbol, con tronco y todo, crecer en una pared, extenderse, y rompiendo el techo salir en dirección del cielo, eso había hecho una hermosísima yagruma. Sentada en uno de los desvencijados bancos, estudié toda aquella maravilla de azar, naturaleza y exaltación. La música del bailable continuaba flagelando mis tímpanos.

Imaginé que contraía matrimonio con mi marido, otra vez, en este recinto. Cerré los ojos y vi a los invitados mezclados con los fieles, en realidad eran bien pocos, unas siete u ocho personas. La iglesia estaba muy iluminada y totalmente restaurada. Vestía un traje de cola bordado en perlas y canutillos, él llevaba un traje beige de hilo. El cura hacía repetidas señales de la cruz y murmuraba oraciones ininteligibles.

Abrí los párpados, la luz que surcaba la yagruma obturó mi pupila. Decidí dar un paseo por el interior del lugar; cuando lo hube recorrido subí, no sin esfuerzo, la destruida escalera de caracol que llevaba al campanario.

Una vez allí, pude dominar gran parte del pueblo. Hacía un día avasallador, la luz en el horizonte describía ardiente el paisaje. La fiesta había terminado y el gentío se recogió al buen vivir. El silencio reinó, a lo lejos divisé un pequeño cementerio. Descendí con extremo cuidado, descolgándome por el pasamanos, los peldaños ausentes me obligaban a vibrar, emocionada, sobre el abismo. A salvo, fuera de la iglesia, busqué orientación y dirigí mis pasos al cementerio.

Estaba situado en la cima de una ensenada, sus bordes daban a un barranco sembrado de flores blancas. Contaba la leyenda que ofrecer una de esas gardenias a la amada, o al amado, auguraba amor eterno. Inclinada, quise alcanzar una de ellas, por un tin no perdí el equilibrio a causa de un repentino ras de viento que amenazó con lanzarme al precipicio. Frustrada, por no haber conseguido la olorosa flor, decidí recorrer el laberinto de sepulturas. Qué raro, pensé, casi todos los muertos habían sido militares, y las tumbas parecían recién construidas.

A lo lejos crujió el cielo a causa de un relámpago, luego ensordeció un trueno descomunal, el aguacero arreció al instante. Corrí loma abajo, corrí, corrí sin dirección, y mientras más corría más impetuoso se tornaba el vendaval. Seguí avanzando a toda velocidad por las calles del pueblo. Al rato de desenfrenada carrera, sin rumbo fijo, una puerta se abrió y una mano adornada con esclavas doradas invitó a entrar. Empapé el piso de la salita, mi cuerpo y sus vestiduras chorreaban litros de agua.

La amable anciana trajo una toalla y me prestó una bata de casa de una de sus nueras, tendió mi ropa frente a un ventilador. En seguida brindó un buchito de café caliente, el cual acepté de buen grado. Explicó que estaba adobando una jutía que uno de sus nietos había cazado en el barranco; contó con lujo de detalles cómo el muchacho la había atrapado y cómo haría ella para adobarla correctamente, cosa de que no primara el tufo a monte. Hice una arqueada y me desentendí, observando unas fotos viejas pegadas en la pared: «Era mi marido. ¡Un gran boxeador, de los que ya no se dan!»

Afuera, el temporal continuaba con toda la fuerza de nunca acabar. Arrebujada en el sillón, quedé profundamente dormida. El olor de la sazón y luego el tufo a manigua de la jutía me despabilaron. Eran las ocho de la noche. Mi anfitriona escogía arroz blanco, y sonrió cuando me vio abrir los ojos, preguntando si había descansado. Comentó que el sillón era duro, que hubiera hecho mejor mudándome a la cama, pero que estaba tan rendida que le dio pena despertarme.

Mi ropa estaba a punto de secarse, aunque un poco húmeda, ya podía ponérmela. Lloviznaba finito y la noche había refrescado. Las nueras de la señora volvieron de sus trabajos, los maridos aún no. Pidieron que las acompañara para la cena, que cuando uno de los hombres llegara, entonces podría acompañarme a casa, pues él andaba en una camioneta prestada. Acepté, a fin de cuentas, a esas horas, mi esposo estaría volando y no me gustaba la idea de la soledad en esa madrugada después de su partida. Llegaría justo para acostarme.

Cené con las mujeres, hablamos de cosas sin importancia; reímos, irónicas, de nuestros destinos como tontas esperando por los siglos de los siglos a nuestros mariditos. La jutía me supo a bilis. Nunca más he vuelto a probarla. El chofer de la camioneta apareció alrededor de las once de la noche. A esa altura, se nos habían agotado los temas e, inquietas, la esposa y yo nos dábamos sillón en el portal. La anciana madre y la otra nuera, junto con el marido que había llegado una media hora antes, habían decidido acostarse luego de intercambiar conmigo direcciones prometiendo corresponder la visita.

Cuando la mujer pidió al marido que me acompañara, éste refunfuñó entre dientes, malhumorado, comentó que considerara que hacía más de setenta y dos horas que estaba manejando. Renuncié enérgica a la proposición de la mujer, pero entonces fue él quien, arrepentido y muy caballeroso, pidió disculpas y rogó que montáramos en la camioneta. Su mujer debía conversarle todo el tiempo, eso evitaría que se durmiera al timón.

Tumbé la cabeza hacia atrás y durante el trayecto reposé mi cuello en la hondura del respaldar del asiento. A través de la ventanilla trasera podía contemplar el cielo estrellado, ancho y mágico, como sólo lo puede brindar la melancolía de un presentimiento extraño.

La luna rutilaba, lejana y llena, pensé que tal vez, por esa razón, me dolía la cabeza, siempre que hay luna llena me desploma la migraña; como dije antes, la luna me hace el efecto como de un mepromabato, resacas comprendidas.

Me sentía rara, invadida por un regocijo interior novedoso, provocado por la lluvia, inspirado por la tibieza insular, impulsada al cariño gracias a la gentileza de las personas tan sencillas y amables que acababa de conocer.

El auto parqueó frente por frente a mi dirección. La casa de madera parecía un salón de baile de tan iluminada. Pensé, sencillamente, que de seguro mi esposo no había podido partir, que el avión no había salido. Me extrañó, sin embargo, la puerta entreabierta.

Mis acompañantes se marcharon al punto, durante el trayecto habían argumentado que estaban molidos de cansancio y que al día siguiente debían levantarse sumamente temprano. Sin ningún tipo de inquietud —no tenía por qué tenerla—, subí los cinco escalones y atravesé el portal. Reparé en que, una vez más, Ernesto había olvidado cerrar. Ernesto, su nombre resultó raro. Empujé la puerta. En la sala esperaban unas diez o doce personas. Mi madre acudió a mí: «Hija, el avión se cayó.»

Mi madre siempre me ha dado las peores noticias del mundo. Es experta en hacerme sufrir. Pero ella también sufría.

Creo que el primer llanto fue más por culpa de esa frase, por cómo me fue presentado el hecho, que por el hecho mismo. ¿Cómo mi madre no se dio cuenta de que hay noticias que deben decirse con tacto? Mi pobre madre no sabía esperar, ni mentir. Los espectadores esperaron un grito agudo que pusiera los nervios de punta a todo Cojímar. Silenciosa, miré en derredor, la gente vigilaba mi respuesta.

Me molestaron ellos, los espectadores, sus ojos rojos posados en mí. Además, había personas del barrio con las cuales apenas había cruzado palabra. Sentí que mi cuerpo se esfumaba, célula a célula, partícula a partícula, por un vacío enorme que abierto dentro de mí actuaba como un remolino, o un tragante. Se enfriaron mis pies, las manos, mi cuerpo entero se congeló. No me sentí. Caminé, en actitud serena, hasta la cama, me lancé sobre la almohada. Ahogué un grito en ella. Lloraba y las lágrimas no salían. Mi boca, abierta a más no poder, no emitía sonido alguno. Respiré, tragué aire por la nariz y la boca, y con el aire aspiré también pelos de Ernesto que había dejado adheridos en la funda. No podía recordar la forma de sus pies. Los pelos se me atragantaron en la faringe. ¿Por qué pensaba tanto en sus malditos pies sin poder memorizarlos? Otra vez los pelos...

Fue ahí cuando tuve la certeza de su desaparición física, al sentir sus cabellos en mis fosas nasales y en la garganta. Corrí al cesto de la ropa sucia, emburujada con otra ropa encontré la camisa que se había cambiado antes de salir, su calzoncillo, el pantalón, todavía húmedos de sudor, aún perfumados a él.

Entonces empecé a llorar, banal, como acostumbramos llorar cuando alguien muere, el llanto dedicado al público asistente. Gritaba con plena conciencia de que el verdadero lamento surgiría cuando me encontrara sola. Nunca he podido llorar ese dolor. Hay dolores que se acumulan, que se esconden por dentro toda la vida. Quién sabe si de verdad toda la vida.

LA RAZÓN DEL DOLOR

En lugar de despachar a los presentes, adapté la agonía a sus exigencias: mostré todo el horror posible, enseñé toda la fragilidad de una mujer que ha perdido a su esposo, quedé inconsciente, boba, morí también. Todo eso hice, no sé cómo lo logré, porque no podía creer que él no existiría más. Sonó el teléfono, era un funcionario de Medicina Legal, necesitaban reconocer el cadáver; demandaron mi presencia. Ante mi negativa, obtuve la primera mirada unánime de reproche. Debía ser frágil, hasta un cierto punto, en esos casos me correspondía demostrar entereza y dar el paso al frente. No lo di, fue su primera esposa quien se prestó decidida a hacerlo; me asombró su cara compungida, y al mismo tiempo, demasiado maquillada para la ocasión, teniendo en cuenta que cuando ella salió de su casa ya estaba al corriente de la terrible noticia.

Cuando la otra regresó del hospital, sí pude constatar su real destrozo sentimental, con evidentes pruebas de abandono a su sufrimiento. La televisión y la radio repandían la noticia de la caída del avión y por la casa pasaba todo tipo de gente para darme el pésame. Sentía, acribillada de ojos y de palabras huecas, que él ya no me pertenecía, que se había convertido en un cantante famoso que se alejaba en cada concierto, o un jabón que resbalaba entre las manos. Fui a esconderme al patio, sin embargo, siempre tenía a alguien detrás; mis indiscretos guardaespaldas comentaban que podían entrarme ganas de suicidarme.

Lo que más yo necesitaba era estar sola. Aún no admitía lo ocurrido. Sentada en el sillón, contemplé el cielo negro estrellado y otra vez esa luna que enloquecía. Atiborrada de calmantes, luchaba contra el sueño, incluso contra el desmayo físico. Es tonto cómo podemos ser de incapaces, o crueles, o tan salvajes con la muerte. La primera esposa vino a preguntar si quería saber en el estado en que el cuerpo había quedado. Coloqué, delicada pero firmemente, mi mano sobre su boca. En la oscuridad, sé que mis ojos idiotas brillaron de lágrimas. «Puedo imaginarlo. Eso ya es terrible. Quiero recordarlo vivo», respondí.

Sin más ni más, pidió la ropa del difunto para un amigo necesitado. Mi cerebro no estaba lo suficientemente obnubilado como para no darme cuenta de que ese tipo de exigencias no debía contar entre las prioridades del instante. Pero la dejé hacer. Hay momentos en que callar es más efectivo. Aunque el silencio alimente la rabia, en este caso la resignación no la desplazó. Debió de darse cuenta en mi rostro, porque mi mirada de acero petrificó sus palabras.

Fumé, vomité, dormí también. Pasó la noche y todos partieron. Sólo quedaron conmigo mi madre y una amiga. En la mañana, la evidencia de la noticia se hizo real y absoluta. Sin embargo, seguí imaginándolo vivo. Nunca he aceptado su muerte. Hasta pensé que estaba en una suerte de misión súper secreta y que lo habían hecho pasar por desaparecido. En esos turbios instantes uno se hace todo tipo de ilusiones.

En la funeraria volvió el espectáculo, cada vez que alguien llegaba se suponía que debía desesperar, gritar, desmadejarme. No estoy de acuerdo con la teatralización, con la dramaturgia, de la muerte. Opté por apartarme y enmudecer, no quería que me señalaran con el dedo como la viuda. Sentí rechazos egoístas, y que todo acabara de una vez.

La ceremonia del entierro culminó bajo un sol refulgente, una reverberación incandescente rodeaba a la multitud, algunos conversaban amenos, otros concentraron su pensamiento durante el largo camino en las calles sembradas de tumbas.

Él no podía ser ese cadáver dentro del ataúd que

hacían descender hacia lo desconocido, lo inaccesible, la oscuridad. Lo sentí a mi lado, caminaba junto a mí, podía oler su perfume y oír el ritmo de su respiración. Hasta su mano aprisionaba la mía. Apariciones como ésta surgieron después a montones.

Cuando acabó el espectáculo fui conducida a la casa. Prohibí compañía con no pocos esfuerzos, mi madre renunciaba a abandonarme, entonces le rogué que fuera a reconfortar a una vecina que había sido como un pariente cercano para él. Me introduje en el silencio de la casa, levitando en la muerte, miedosa, en espera de que fuera un sueño. Desperté, fui al baño, con un jarro vertí, poco a poco, dos cubos llenos de agua sobre mi cabeza, el líquido rodaba por mi cuerpo. Recordé los rostros de las tías del coronel Santana, las odié, las maldije por no haber sido sinceras conmigo, por haber ocultado la predestinación. Mis ojos ardían, resecos. No entendía por qué no podía llorar para mí con autenticidad. Apoyé la frente en el espejo, de un cabezazo lo hice trizas. Di cabezazos a diestra y siniestra, el azulejeado se fue desplomando y la sangre amuralló mis pupilas. Lamí mi sangre y me supo buena, azucarada. Entonces perdí el conocimiento. Era justo lo que andaba buscando.

Estuve tres días, noches y madrugadas, en semivigilia, esperando, obcecada, la muerte. La sangre dejó de manar, había coagulado y apenas podía entreabrir los ojos. Mi madre no se decidía a entrar porque conocía mi mal carácter y temía una tempestad de insultos en su contra. Finalmente, no pudo aguantar su nerviosismo, y con ayuda de la vecina forzó la puerta. Me hallaron en el suelo, revolcada en un charco color terracota endurecido y prieto. En el hospital cosieron la herida del cráneo, diez puntos, no sentí nada. Al volver a la casa, el piso relucía de limpio. Eso era lo que me jodía, el empeño de todos por obligarme a olvidar. Ansiaba morir, pero tampoco tenía valor para emprender el suicidio.

Al cabo del tiempo, percibí los sucesos claros. Había quedado viuda muy joven. No tenía a nadie al lado con suficiente lucidez para sacarme del mutismo. Mucho menos me hallaba en condiciones de ahorcarme o de envenenarme. Decidí asumir esa vida, que no se parecía a mí. Entonces quise conocer los detalles del accidente.

Obtuve dos versiones: había sucedido producto de la tormenta y de la irresponsabilidad del piloto. La otra: se trataba de un atentado. Averigüé con policías, con trabajadores del aeropuerto, con periodistas nacionales y extranjeros. Nadie sabía nada, nadie podía sacar algo en claro. Allí, ninguna investigación de ese tipo triunfa, los detalles siempre oscurecen más. En lugar de esclarecer, los hechos se complican. Estaba vencida. De cualquiera de las dos maneras, él había muerto. Explicaron que fue rápido, una explosión y ya. Aseguraron que, a pesar de las quemaduras ciento por ciento, no sufrió dolor, no pudo reaccionar. Escuché todas las versiones, las cuales resultaron flojas e inútiles. El papeleo burocrático, acta de defunción, herencia, pensión, esperaban por mí.

La primera información fue que, como viuda joven, no poseía muchos derechos. Tampoco me importaba nada material, pero deduje que al menos un techo me pertenecía. Debía dedicarme a los embrollos de notarios, firmas, y todo tipo de asuntos que marcaban cada vez con mayor profundidad mi desconsuelo. Atravesaba avenidas como sonámbula, pensaba que sólo había que mirar brevemente a la gente para percatarse de que nadie reparaba en la grandeza, en el milagro de estar vivos. Tal parecía como si existir fuera sinónimo de inmortalidad, de previsto suceso inacabable. La gente se comportaba de manera irresponsable, ignorantes de que en cualquier minuto podían morir. O tal vez, para ellos, por culpa de las consignas, muerte y vida significaban lo mismo.

Tampoco, años antes, me hubiera puesto a juzgarlos por su desenfadada actitud ante el destino, el futuro, el presente, el ya inmediato, o como se llame este acto que es vivir. Porque uno toma la dimensión verdadera, el peso de la existencia, cuando conoce cómo se termina, cómo se muere. Tal vez no deberíamos preocuparnos tanto por el fin, sino por el comienzo. El misterio es empezar el viaje, correr los riesgos de la duración del mismo. Eso nos permite ser cariñosos con la vida. Latió una arteria dentro del cerebro, quizás ése fuera el fin. No me inquieté, no quería saber por qué estaba aquí, viviendo. No me interesaba el por qué la gente miraba sin curiosidad por comprender el mundo, y yo, esforzada, observándolos tan exentos de inquietudes y de tristezas, intentando creer que interpretaba el estado de alegría infinita de los demás.

Más calmada y en mis cabales, borré las sutiles represiones que inundaron esos días de indagación personal, por mi cuenta y riesgo. En mi memoria repicaba, con demasiado sentido del pecado, aquel momento de la discusión en que yo blasfemé deseando la muerte de Ernesto. Pensé que podía ser un castigo. Incurrí de nuevo en la blasfemia al considerar que él había hecho una gran hijoeputada tomando ese avión. Y deseé que llegara la conciencia del olvido. Que no es del todo el olvido. Ahora, cuando recuerdo, es como si me fragmentaran la cabeza con una sierra eléctrica, lento, muy lento, para cortar los trozos en exacta medida.

SEPARACIÓN DE CUERPOS

Acabé de un tajo con el llanto. Interrumpí las misas, las flores, el cementerio, las lápidas, prohibí todo tipo de condolencias, las sinceras y las hipócritas. Borré la muerte. Él no murió. Él viajaba, podía imaginarlo en Venecia, visitando un museo, pensando en mí mientras contemplaba un cuadro de Paolo Ucello. Él es eso, un *ucello*, el avión se hizo trizas, pero él tuvo tiempo de abrir sus alas. Y voló. Aliviaba pensar que planeaba en el aire, irreversible.

Rechacé el luto y el papel de viuda. Si me vestía de negro era porque ese color contrastaba enigmáticamente con la palidez de mi piel. No admití comentarios ni llanticos, el que quisiera llorar que se diera una buena tanda de películas argentinas o mexicanas de los años cuarenta. No a costa mía. Juzgaron mal que adoptara una risa diferente y que usara minifaldas, las críticas y el chismorroteo no hicieron más que acrecentar mis ganas de bailar y de cantar. ¡Vaya imbecilidad creer que solamente se canta y se baila cuando estamos alegres! Aunque baile y cante nunca seré del todo feliz. Nunca he sido alegre, siempre he mimetizado la alegría y desconfío de la inteligencia de los contentos.

Él admiraba mi melancolía. Pero al mismo tiempo no dejaba de incitarme a la rebeldía, sin costos sociales, claro. Y a mí, aún él me importaba. Durante todo ese tiempo, oí su respiración y oleadas de su perfume me envolvieron, como si su piel rozara la mía. A veces oía que llamaba y no podía acudir, no lograba situarlo. Dormir junto a alguien que morirá es perder la inocencia futura del sueño. Algo está escrito en el presente que no sabemos leer.

La ira provocada por la intriga no resuelta del accidente se ensañó conmigo. Tal parecía que mi marido había fallecido por mi culpa, por causa de una brujería. El público me condenó. No era una viuda aceptable, no cumplía con los cánones. No era vieja. No quise asumir el dolor colectivo, necesitaban desembarazarse de su agonía y adjudicármela. No sé qué habría pensado él, reaccioné con mi rebelión individual, íntima.

Arreglé los papeles intentando ser natural, pero sin expresividad. Sin embargo, en ciertas ocasiones lloré sin poder contener la rabia, en las oficinas del Bufete Colectivo, mientras esperaba mi turno durante horas y horas, semanas y semanas, para efectuar la declaratoria de herencia. Los espectadores observaban con ímpetus de descalabrarme haciendo muecas de asco. Yo no merecía el más mínimo respeto. Nada de compasión.

No sé qué hubiera pensado Ernesto de esa pobre gente. No sé si él estaría de acuerdo con las pruebas de mi coraje, las cuales no pasaban de ser solamente falsas actuaciones de indiferencia. No he dejado ni un segundo de estar conectada con su espíritu. Escenas de nuestra vida me inundaban, muy exactas y nítidas, acompañadas de vértigos y de vómitos. Por ejemplo, poco tiempo antes, sentados en el sofá nicaragüense, habíamos conversado sobre nuestras respectivas muertes:

—Moriré antes que tú. Aunque eres más viejo, yo tengo más achaques. Me duele todo —apunté, cual oráculo trasnochado.

Él rió a carcajadas. Acostumbraba burlarse de mis dolores de piernas, de mis pesadillas, de mi miopía, de mis giardias, de mi hígado, de mis disneas, en fin, de la larga lista de enfermedades de las cuales me quejaba con frecuencia. Me llamaba «la enferma imaginaria». El hecho de que encontrara cómica mi hipocondría daba gracia y placer, era una forma de suavizar las otras tensiones.

—¿Y si me jodo yo primero? —preguntó, divertido.

Lo abracé, rogué que no sucediera, no podría soportarlo... Sin embargo, uno posee un cierto morbo, mezcla de lujuria, escatología, indecencia, y atracción por la muerte. Excitada, lo imaginé gélido, morado, bellísimo.

—No quiero que mueras, no quiero —dije mintiendo en ese mínimo instante de pasión necrofílica.

Mi mente regresaba, a velocidad vertiginosa, de estos recuerdos y entonces me lamentaba como una demente. Tuve varios accesos de locura y desesperación en las colas del Bufete Colectivo. Eran efímeros momentos incontrolables, pero al rato me componía, secaba mi rostro, recobraba mi frialdad. El público voraz e indiscreto estudiaba y chismorroteaba:

—La pobre, seguro que llora porque se le cayó la permuta.

—No, qué va, vaya usted a saber cuántas veces se ha casado y divorciado. En mi época no era así, había fundamento. Ahora se casan y se divorcian como si se echaran un buche de ron.

—No, m'hijita, ninguno de ellos se casa, se arriman, la juventud está del carajo, ¡sabrá Dios los problemas que tenga con la justicia!

El desprecio, más que el odio, se fue apoderando de mí. Vivía en un país de fronterizos, de retrasados mentales, de adocenados. Empezando por mí.

Finalmente me tocó el turno en el Bufete Colectivo. Sentí un batallón de ojos y orejas puestos para enterarse de mi problema. Expliqué a la abogada, lo mejor que pude, tratando de despersonalizar el asunto, que necesitaba comenzar los trámites de herencia de una vivienda y de un carro. Ella me recorrió, cínica la mirada, de pies a cabeza. Mi voz era un hilo, pero de acero inoxidable, tenue y sin embargo irrompible. Pero la abogada se sentía más fuerte, imperiosa, además a ella no se le había muerto nadie:

—Bien, compañerita, al grano, ¿quién es la viuda?

Coloqué el índice sobre mi pecho.

—¿Tú? —vociferó para complacencia general—. Por ser viuda joven tal vez no tengas derecho al auto, lo de la casa tendremos que estudiarlo. Posiblemente te resolvamos el problema, por lo pronto puedes seguir viviendo en ella.

Al salir, las personas de la cola habían cambiado de actitud, tampoco admitían la injusta exageración legislativa de optar por quitarme el pequeño apartamento. Diversas manos solidarias acariciaron mi cabeza, palmearon respetuosas mi espalda. La compasión resulta onerosa, pero cuánto necesitamos de ella en ciertos casos.

Una mano agarró la mía, deslizó un papelito y algo duro. Agradecí con una sonrisa, el rostro del negro viejo se alisó en una tierna sonrisa, llevaba el cráneo rapado y las arrugas caían en pliegues sobre su cuello, sudaba a mares. Apretó mi mano y me conminó a que no me detuviera. No lo hice. Alejada unos metros, abrí el papel, y cuál no sería mi sorpresa al descubrir un descomunal diamante. Regresé para devolver la piedra preciosa al anciano, pero ya había desaparecido. Leí la nota: «El brillante aplaca a los espíritus. Usted debe quitarse ese muerto de encima. Está muy celoso.» Sentí terror de la piedra. Al llegar a la casa, coloqué el diamantón en un altar escondido en el escaparate, dentro del dobladillo del manto de la Virgen de las Mercedes.

Las malas lenguas del barrio continuaron haciendo de las suyas. Expresaron que si el accidente me hubiera ocurrido a mí, Ernesto, en prueba de fidelidad eterna, habría optado por el suicidio. Y cobró fuerza nuevamente en mí el entusiasmo enfermizo de la autodestrucción. Dejé de comer. Estaba en la obligación de ejecutarlo, era una cobarde si no me mataba. Frente al espejo, encajé cuchillas de afeitar en los engranajes de ambos brazos, cerré con fuerza; mis venas explotaron ensangrentando mi piel. ¡Tenía que matarme, tenía que matarme! Era la idea fija. La obsesión. Sólo así podría serle fiel. Introduje los brazos en la poceta con agua, la sangre tiñó en seguida el interior. Si no hubiera sido por la vecina, que tenía llave, que entró a dejarme un plato de frijoles, y que corrió conmigo para el hospital militar, el más cercano, no estaría haciendo el cuento.

Otra turba de chismosos argumentó que, por el contrario, si hubiera sido yo la víctima del accidente, él ya tendría otra mujer, incluso regaron el chisme de que la tenía antes de fallecer. Aparecieron viudas amantes a montones. Y yo a consolarlas una por una. Incluida la que apareció con un niño de seis años de la mano, asegurando que era hijo del difunto. El extraordinario parecido no me permitió ponerlo en duda. Enfurecí para mis adentros, reprochándole al finado que nunca hubiera hablado de ese hijo. Mucho más monté en cólera cuando la mujer confesó seguidamente que llevaba en sus entrañas otro fruto bastardo de mi marido. La presencia de nuevas viudas amantes apaciguó, en parte, mi irritación. Todas tenían algo desconocido y diferente que contar sobre él. En tanto que jefa del harem, iba descubriendo a un ser multifacético. No estoy segura de que pueda perdonar, hoy por hoy, sus infidelidades. ¡He aquí la explicación a su falta de deseo sexual para conmigo! Tuvo que morir para que me enterara. Pude descubrir en el gran espejo de la sala mis ojos enrojecidos, el ceño fruncido, y el rostro hinchado, denunciando mi furia mal disimulada.

Las viudas amantes se solidarizaron conmigo y opinaron que debía salir a la calle, buscar a un tipo que me templara, y sólo así conseguiría calmar mi dolor. Con sólo pensar que debía colgarme de una guagua para ver la leche correr me daba náuseas. Había renunciado al sexo, mientras tomaba un baño rompía en sollozos, en estertores, golpeaba mis senos y mi pubis, arañaba mi cuerpo. Como que no sustituí a mi hombre por otro, dijeron que me había metido a tortillera, ni siquiera usaron la palabra lesbiana. Otro día, al verme conversando con mi primo, en la orilla de la playa del Golfito, pasé a la categoría de puta pobre, que no es lo mismo que pobre puta.

Con sólo observar brevemente a la gente podía adivinar sus pensamientos, todos me reprobaban algo: cuando supieron que había guardado las fotos de Ernesto en las gavetas, también de que lo mencionara sin angustias teatrales, que hablara de él en presente como si no hubiera dejado de existir, de mis silencios en respuesta a los malsanos comentarios, de que reviviera su voz, citando sus frases preferidas; cualquier mínimo gesto bastaba para culparme. La gente confundía la nostalgia con la disciplina. Pregonaban mis insultos a su memoria; existían situaciones que no se podían permitir, por ejemplo: encender la televisión, escuchar música el día entero, aceptar invitaciones a fiestas.

Jefes y secretarios generales del partido decidieron ponerle su nombre a empresas, escuelas y policlínicos, pegaron fotos de Ernesto junto al buró, y homenajeaban su recuerdo en los murales de propaganda ideológica. Lo hicieron héroe del trabajo, y de cuanto había. Lo convirtieron en el ejemplo a seguir. Los hipócritas berraqueaban a moco tendido en actos políticos y se dirigían con ramos de flores plásticas a su tumba.

Miraba a los burócratas de la muerte, ahogados en

las planillas de fabricar héroes, preguntándome si sabían, si de verdad tenían alguna idea de lo que era la vida. Así, tan sencillo, mirar el cielo y saber que es el cielo, hundir los dedos en una ola y tomarle la temperatura al mar, usar una flor como flor y no como martirio. Los observaba, y empecé a amar la fuerza que había que tener para poder recomenzar.

Dos meses después, el médico confirmó que estaba embarazada. No deseaba tener ese hijo, pero carecía de valor para sacármelo. Más por acto de protesta que por convicción, me dejé la barriga. Entonces vino la lástima de los que antes atacaban, y pude darme el lujo de despreciar, de virar el rostro ante los discursos de simulada y excesiva compasión.

En las tardes, sentada en el portal, lucía mi incipiente panza ceñida con un vestido rojo. Sabía que exhibirme en esa facha molestaba. No asistí nunca más al policlínico, al cual habían bautizado con el nombre de mi esposo; cuando las enfermeras insistieron en visitarme les lancé latas con agua hirviendo. De todas maneras, no resolvería mucho en las consultas, en los hospitales brillaban por su ausencia el alcohol, el algodón, y los medicamentos de primeras urgencias. Había escogido para parir el peor momento.

Como en la profecía de los babalaos, los accidentes y los desastres naturales se sucedían unos tras otros, y en ciertos casos ocurrían en pareja. Dos terremotos en Oriente, dos choques de trenes, dos entradas de mar, más la llamada «tormenta del siglo», que devastó gran parte del litoral habanero con sus casas. En la calle se comentaba que los orishas estaban revueltos y que no perdonarían. Los altares se llenaron de ofrendas. La gente recurrió a las yerbas, a las promesas, a los sacrificios. Las epidemias brotaron y fueron enmascaradas por otras enfermedades menores, a causa de la censura político-médica. En las costas de Cojímar ametrallaron a una embarcación que había venido de Miami a recoger a sus familiares. Después, en el pueblecito de Regla, junto a la bahía, los policías mataron a un joven que intentaba huir en una balsa. Los habitantes de Regla llevaron el cadáver en hombros y lo presentaron, en señal de protesta, frente a la estación. Los cojimeros en su momento, y los reglanos más tarde, se botaron vociferando su malestar. La represión se agudizó. Las calles se llenaron de policías armados y de tropas especiales vestidos de civiles. No se sabía quién era quién. Los palos y tiroteos amansaron hasta a los más cojonudos. En los horarios de apagones, la gente lanzaban botellas a los autos de policías; por diferentes zonas de la ciudad sonaron los calderos exigiendo comida.

Busqué refugio en las iglesias, no con el afán de rezar, sino para aislarme de la furia. Para enjaular la mía. En una mujer embarazada aumenta el nivel de rebeldía, pero su propio estado no le facilita exponerse a la irritación. Al contrario, ésta la perjudica. Arrodillada, conversaba con mi hijo, narrándole cuentos de negros viejos, historias de barracones. Sin querer, ya estaba dándole lecciones de historia. Sin proponérmelo estaba inculcándole la insurrección.

Recorrí casi todas las iglesias de La Habana. La de la Caridad, en la calle Salud, donde fui bautizada. El Sagrado Corazón, en la calle Reina, pero de ahí tuve que salir huyendo en una ocasión, porque ese día, los representantes de los comités de derechos humanos en la isla daban una misa especial y la policía vestida de civil, «el pueblo combatiente», entró a la iglesia con palos, porras, bates, y se dieron gusto fracturando cráneos y costillas. Pasé innumerables mediodías en la catedral de La Habana, cuyas tejas están moldeadas con los muslos de los esclavos o cimarrones, y cada una lleva grabado el nombre del que la coció. Aburrida de la afluencia de turismo, me trasladé a la del Cristo del Buen Viaje, en la actualidad está «cerrada por reparación», desde que encontraron familias enteras refugiadas en ella porque habían perdido sus viviendas en derrumbes provocados por los ciclones, y por tantos años de falta de mantenimiento de los viejos edificios. Esa misma gente, y otras que aparecieron después, se mudaron al convento de San Francisco de Paula. En la iglesia de la calle Diecinueve, San Juan de Letrán, el cura español se mandaba unas arengas contra el gobierno que duró lo que un merengue en la puerta de un colegio, rebotó expulsado, para España. En la iglesia del Santo Ángel me sentía a mis anchas, pero al salir al exterior, contrastaba demasiado con mi fe en el misterio la presencia del yate *Granma* en su urna de cristal, dentro del Museo de la Revolución. En la del Espíritu Santo no se podía estar a causa de los espías enviados por el Historiador, encargados de la restauración y de vigilar que nadie más que ellos robara el patrimonio.

Un 17 de diciembre, día de San Lázaro, decidí por fin visitar el santuario que le está dedicado a este santo milagroso en el Rincón. A pesar de mi estado, fui caminando, kilómetros y kilómetros, es como ir de una provincia a otra. Salí dos días antes, en una jaba eché pan, agua y plátanos. Tuve muchas dificultades en el trayecto, pero llegué justo para la víspera de la celebración del viejito más querido de Cuba. Había una turbamulta impresionante, cientos de personas avanzaban arrodilladas, los rostros llorosos, con mochos de velas alumbraban la carretera, era entrada la noche; otros caminaban flagelándose, desnudos de la cintura para arriba. No podía imaginar que en nuestra sociedad se dieran tales espectáculos multitudinarios de creencia religiosa, de hecho, eso no ocurría desde antes de 1959.

Mientras más nos acercábamos, primero en un murmullo y después en un canto gigantesco, ensordecedor, al unísono, de sus bocas surgía en letanía una palabra: «¡Libertad, libertad, libertad, libertad!» En la capilla apenas podíamos respirar, apretujados unos contra otros, la voz del cura sobresalía en su jerga misal por encima de centenares de voces que continuaban pidiendo libertad. Conseguí distinguir a unas mujeres mostrando papeles donde aparecían nombres y apellidos, en el encabezamiento de las listas se podía leer en letras mayúsculas: «PRESOS POLÍTICOS.»

De pronto, un hombre se deslizó entre la multitud empujando, pateando, arañando. El griterío inundó el recinto. El tipo consiguió alcanzar el altar mayor y destruyó en unos segundos la imagen del santo con las ofrendas. El despelote se armó al instante. Pude escapar, arrastrada por la muchedumbre. No sé cómo logró esa masa compacta salir por el portón principal. Un camión, que había traído a un grupo de creyentes, esperaba afuera, en el momento de arrancar el motor, una mano extendida hacia mí me subió de un jalón.

Al día siguiente la calma reinaba en la ciudad, nunca un acontecimiento como éste sale publicado en la prensa, ni imaginar en la televisión. Sin embargo, la noticia había corrido gracias a la transmisión oral, es decir, a radiobemba. Los sucesos iban de mal en peor. El hambre y la penuria arrasaban el país. Nunca sabremos con exactitud cuántos viejos abandonados han muerto de hambre, cuántos niños han perecido por epidemias, desnutrición y falta de medicamentos, el número de desempleados, cuántos desaparecidos en el mar, cuántos suicidios, crímenes, torturas, fusilamientos. Esas informaciones son sumamente secretas apoyadas por la colaboración internacional, están censuradas al máximo en nombre de una conspiración mundial. Los médicos no pueden declarar enfermedades que con anterioridad habían sido erradicadas, y que ahora regresan por falta de higiene, fumigación, y de alimentación adecuada.

Lo que nadie perdona es que el régimen haya hecho creer al mundo que el sueño de un universo mejor podía ser cierto. Lo que nadie perdona es que siga empeñado en hacérselo creer, a base de represión y muerte, de una manera muy sutil, cueste lo que cueste. Mucha tinta ha corrido sobre otras demás tragedias mundiales. Nos tocó bailar con la más fea, aunque eso sí, refinada en sus trampas.

NACIMIENTO Y MUERTE

Escogí finalmente la iglesia de la Merced, allí había tomado la comunión y me había confirmado, cuando al inicio ser católica significaba ser traidora, pero yo era sólo una niña. En apariencia, allí reinaba la calma. Gustaba de sentarme en el patio, a escuchar el lamento febril de los gorriones o el chapoteo de las carpas en el estanque, o simplemente disfrutar del silencio soleado de sus corredores.

Distinguí a lo lejos a una pareja. Descansaban con las espaldas apoyadas contra el tronco de una palma real, sonreían con apacible confianza. La barriga había crecido y pensé que era natural que me observaran, extasiados y cariñosos, es la forma normal que tiene casi todo el mundo de mirar a las embarazadas. Sin embargo, percibí tanta tristeza, mezclada con fiereza, en aquellos rostros que quise acercármeles y hablarles. Hacía demasiado tiempo que no conversaba con gente interesante, capaces de contar historias reales y coherentes. El tema de conversación de los cubanos es totalmente hilarante, unos no hacen más que hablar de comidas que no pueden comer, otros de viajes a países lejanos donde supuestamente harán fortuna. O de enemigos y guerras inexistentes. De sueños inalcanzables o siniestras pesadillas.

La pareja era muy joven, veinte años él, y ella diecinueve. Estaban extremadamente flacos y ajados, exhibían una belleza paliducha que les sentaba bien, en contraste con las pieles tostadas que estamos acostumbrados a ver en los habitantes del trópico. Ella llevaba el pelo suelto, muy rizado y despeinado, color caoba. Él usaba una gorra de pelotero encasquetada hasta las cejas, encubriendo, desgraciadamente, la hermosura de sus ojos pardos con pestañas largas y tupidas. Iban vestidos muy pobres, telas viejas y descoloridas. Cuando llegué a ambos, se juntaron más, tomadas las manos, como para protegerse, pero no dejaron de sonreír. Instalada en el césped, frente a ellos, no pronuncié palabra, ni siquiera saludé. Algo de mágico, de alucinación del más allá, de atrayente, tenían esos muchachos que impedía articular sílaba alguna.

—¿Cómo vas a ponerle a tu niño cuando nazca? —preguntó ella con voz tan ñoña que casi rompe el misterio.

—Ni idea, ni siquiera he pensado en eso. No sé —respondí, sarcástica.

—¿Y tu marido, qué dice, está contento? —volvió la muchacha a la carga. Mi rostro hubo de ensombrecerse, porque fue él quien reparó.

—Cállate, Ruth, ¿no te das cuenta de que está sola con su barriga?

Ella, dándole un manotazo para acallarlo, interrogó con la mirada para saber si era cierto; respondí:

—Sí, no tengo a nadie. Somos mi barriga, una casa en Cojímar, y yo. Bueno, está mi madre, pero muy lejos de mí, de mi vida...

—Nosotros tampoco tenemos a nadie. Nos tenemos el uno al otro, y ahora al cura y a la iglesia, vivimos aquí. Estamos enfermos... Nunca podré tener hijos... —se lamentó la muchacha.

—Dije que te callaras —insistió él, ahora más amoroso, abrazándola por el cuello y depositando un beso en sus labios, al tiempo que tendía la mano, presentándose—: Mi nombre es Benjamín.

Sentí su piel fina, gélida y temblorosa; quedamos unos segundos los tres con las manos cogidas, transmitiéndonos energías cálidas.

—El mío, Alma Desamparada, pero pueden llamarme Elisa, es el nombre que más me gusta —terminé por presentarme.

—Igual tu nombre es muy bonito, aunque triste. Si pares una niña podrás bautizarla con el nombre de Elisa —comentó el joven.

—Me gustaría más el tuyo —respondí señalando a Ruth. Ella se puso muy feliz.

—Ojalá sea niña, para que le pongas mi nombre.

Hablando de mil boberías se nos fue la tarde. Las campanadas de las seis llamaron a misa. Ellos se levantaron y disculpándose argumentaron que tenían que partir, estaban fatigados, debían tomar los medicamentos, comer, y descansar. Por la noche irían a visitar a otros amigos. Me invitaron, pero no acepté, detesto conocer a varias personas al mismo tiempo. Prometí que volvería al mediodía siguiente. Nos despedimos como si nos conociéramos de toda la vida. Existe un nudo inmediato e indestructible entre el nacimiento y la muerte.

Un rato caminando y otro en botella, así fue como hice el trayecto de La Habana Vieja a Cojímar. Dentro de mi casa, observé a mi alrededor y comprobé cuán ajeno se había vuelto mi refugio. Me bañé en la poceta, en el exterior, bajo la luna y el cielo estrellado. No corría brisa, incluso el agua continuaba caliente por el vapor del día. Entré desnuda y mojada en la casa. En el cuarto, estudié mi cuerpo en el espejo. Estaba gorda, barrigona, las tetas inmensas y dolorosas, las piernas hinchadas. Pero me sentía ágil, fuerte, valiente, y, me dije, también con mucha hambre. En el refrigerador lo único que quedaba eran frijoles colorados, los calenté y devoré dos platos. El niño, en mi interior, suspiró y tuvo hipo. Oí durante varios minutos una coral de hipos. Después maulló como un gato. Era tan raro. El niño en mi interior se reía y con sus incipientes dientes roía mis costillas.

Bajé a la playa. El coronel Santana había abandonado su bote amarrado descuidadamente y con los remos puestos. La embarcación era el trajín de los jodedores del pueblo, cualquiera la robaba y salía a pescar en ella, de milagro no estaba destruida. Subí a bordo, y como que la noche y el mar brindaban absoluta tranquilidad, crucé remando hacia el Golfito. Aseguré fuertemente el amarre del bote al muelle. Estaba sorprendida de cómo había podido controlar los remos sin dificultad. Del otro lado reinaba la oscuridad a pesar de la luna y de las estrellas, los mosquitos devoraban mi cuerpo, lo peor era cuando picaban en la boca, en los párpados, y en los dedos de los pies, completamente imposible de parar la rascadera. Por fin gané las rocas y contemplé, meditativa, el muro negro que formaban el mar y la noche. Los aguijonazos levantaron ronchas en los brazos y en las piernas, mis manotazos cruzaron de verdugones la piel. Regresé a medianoche, harta de picaduras.

El paseo en bote vació mi mente, quedé en blanco, a la expectativa de mis maniobras y del torbellino de mosquitos. En esta ocasión, escondí la embarcación detrás de otro muelle inaccesible, abandonado, tapado por un yerbazal, junto a la cerca de púas que prohibía el paso hacia las lanchas de la unidad militar. Caminé esquivando jaibas enormes que corrían asediando mis pies.

Acostada en la desganada cama matrimonial, volví a sentir la presencia de Ernesto, su mano sobre mi vientre. Después mi pensamiento voló hacia los muchachos que había conocido en la iglesia. Al rato caí livianamente dormida, recuerdo que soñé con paisajes, muy verdes, palmeras, cielo azul intenso, sol cegador, mucha luminosidad y colorido. Pero los campos estaban desolados, sin animales, sin pájaros, sin carretas, sin guajiros.

Volví a la iglesia con frecuencia, durante semanas. La joven pareja y yo pactamos sólida amistad. Nuestras conversaciones giraban en torno a temas en apariencia intrascendentales y concretos de nuestras épocas respectivas: la naturaleza, los árboles, el cine, recuerdos de las escuelas en las cuales habíamos estudiado, evocábamos viejas canciones que habían estado de moda y estúpidas fiestas de adolescencia, etapas de cara al campo, vacaciones. Nos reíamos bastante, de cualquier nimiedad. Compartíamos plena conciencia de que evitábamos contarnos nuestros problemas más serios, pero por el momento manteníamos la coherencia de descubrirnos poco a poco, sin excesos, disfrutando sin melodrama del recuerdo.

Llegó, entonces de manera irremediable, de imprevisto, el punto de explicarnos nuestras angustias secretas. Fui la primera en relatar los motivos de mi aflicción. Al terminar, nos miramos largamente; Ruth se llevó la mano a la boca para reprimir la risa, el gesto hizo que su novio explotara en una carcajada. No entendía ni pitoche, ¿qué encontraban ellos de divertido en mi historia?

—¡Ja, ja, ja... perdónanos... pero es tan cómico... entonces, quiere decir que tú siempre te enredas con gente que va a morir... ja, ja, ja...! —dijo Benjamín en gran risotada—. ¡A nosotros nos queda poco... somos moribundos!

Ella también reía con jipíos que le impedían respirar. A mí se me pegaron las ganas insensatas de reír. Pedí a mandíbula batiente que aclararan.

—Fui yo el de la idea, me inyecté el Sida. Pertenecía a un grupo de roqueros... La policía no nos dejaba vivir, nos prohibían cantar, nos cortaron el pelo, nos metían presos setenta y dos horas, nos soltaban, nos volvían a coger y vuelta a interrogatorios, a la cárcel. El grupo entero se inoculó el virus... Estábamos hartos de la mierda de esto, de vivir... Ahora, los pocos que quedamos, pensamos diferente; fuimos, si tú quieres, irresponsables, pero cuando aquello sucedió teníamos la esperanza de que la vacuna sería inventada y de que nos curaríamos, ¡como aquí se jactan alardeando con que somos una potencia médica! Pues confiamos en los experimentos de esa potencia... Muchos de nosotros ya se jodieron. Lo de Ruth fue diferente, pero que te cuente ella...

—Estaba puesta para él, me gustaba. Nos empatamos, sabía que estaba enfermo. Nos acostamos, él se puso el preservativo, se lo quité, quería darle una prueba de amor. No me interesa vivir sin casa, sin trabajo, sin... sin... vida.

La densidad del silencio acaparó la situación y apagó la alegría delirante. Ruth propuso que despejáramos la cargazón de los cerebros.

—Coño, caballeros, no jodan, refresquen las mentes, quiten esas caras de tranca. A lo hecho, pecho... vamos, vamos, que estábamos tan bien juntos, así, riéndonos...

Pero ya no pudo ser igual, ninguno conseguimos reírnos. Volvimos a tomarnos las manos. Al rato, Benjamín se acostó en la yerba. Los huesos se le marcaban por encima de la ropa, quedó embebido en el índigo del cielo, en las nubes como algodones de azúcar. Ruth, acurrucada a mi panza, pidió:

—Déjame escuchar. ¡Cómo se mueve, tú! —Estuvo minutos escuchando, tranquila, luego quedó rendida con la cabeza encima de mis muslos.

Los invité a almorzar en diversas ocasiones a la casa. Cogieron confianza y hasta durmieron algunas noches conmigo. Íbamos a nadar a la playa, caminábamos a pies desnudos por las carreteras reberverantes, aún sin terminar, cubiertas de arena, piedras y cal, comíamos uvas caletas, jaibas y cangrejos hervidos en agua de mar, bebíamos agua de coco de la mata de mi patio. Los limones y los aguacates también se dieron rebosantes. El árbol de ciruelas estaba en época y las frutas amarillitas caían solas sobre nuestras cabezas. Los niños del barrio entraban al patio y robaban cuanto sirviera para comer, también hicieron amistad con ellos. Mis nuevos amigos llenaron de vida la casa. Ponían grabaciones de sus antiguas canciones, hacían planes para formar otro grupo de rock, él componía melodías y ella escribía textos amorosos. Incluso propuse algunos de mis poemas cortos.

Aquella mañana partieron desorbitados, jocosos, muy dispuestos a darme una sorpresa por la tarde; prometieron regresar con algo que necesitaría en el futuro. Esperé toda la noche, toda la madrugada... El cura se presentó a las dos de la tarde del siguiente día, el joven se había agravado. Sospechaba, por su apariencia física, que en él la enfermedad ganaba terreno. Subimos rápidamente al carro del cura, por más que insistió en arrancarlo, el motor no cedió. Esperanzada, sugerí:

—Tengo el automóvil de Ernesto en el garaje, no lo uso, no sé manejar.

El cura, sin pensarlo dos veces, entró al parqueo. Le costó trabajo calentar el motor, pero pudo. Partimos como un rayo para el hospital. Cuando llegamos, Benjamín había fallecido, y ya lo habían trasladado a otro sitio, al tanatorio. Ruth, sentada afuera de la sala, en un sofá, fija la vista en la pared, ni siquiera lloraba. Besé su rostro terso, caliente, macilento, sentí que me repelía, que las caricias la humillaban. Pasó un largo rato y luego habló:

—Elisa, tengo miedo. Me voy con mis padres a Pinar del Río, ¿no te pones brava si te dejo? —Mientras hablaba hurgó en el interior de su bolso, por fin sacó un juguete, un pollito de goma envuelto en papel celofán, y un cartucho de culeros de tela—. Es la sorpresa, queríamos dártela juntos.

Al entierro de Benjamín asistimos siete personas: Ruth, el cura, los padres, y dos amigos, también infectados por el virus. El cura y yo acompañamos, en el auto, a la muchacha hasta Pinar del Río. Nunca borraré aquella imagen, idéntica a los paisajes con los que había soñado, palmeras, incandescencia, verdor, pero esta vez oí el canto de los pájaros, y desde el portal de un desvencijado bohío nos dijeron adiós Ruth y su familia.

De madrugada, meciéndome en el sillón, frente al florecido patio, tuve de nuevo la idea de cuán ligados estaban el nacimiento y la muerte. El misterio es, ni más ni menos, la propia naturaleza. Pero mis jóvenes amigos habían forzado el ciclo. Tal vez por error, seguro por rebeldía.

No sé cuántas semanas después recibí una carta de Ruth, nos extrañaba mucho, a Benjamín, a mí, al cura, pero se sentía bien y ayudaba en lo que podía a su madre, recorría los surcos de tabaco cubiertos por los mosquiteros, dormitaba a la sombra de las palmas reales, rezaba por nosotros, sobre todo por mi futuro parto. Se había vuelto muy religiosa.

A esta misiva la acompañaba otra. Esa segunda carta anunciaba, con bombos y platillos, la adjudicación del auto y de la casa, informaban de que las discusiones habían sido candentes en el tribunal, pero que al fin me lo concedían debido a que fui considerada la viuda de un mártir. Por el contrario, tenían que suspender la pensión de noventa pesos. En cambio, si entregaba el auto, el Estado pagaría una cantidad «razonable» con la cual podría irme arreglando hasta que encontrara trabajo. La cantidad «razonable», está de más subrayar, era una suma irrisoria, comparada con la que habíamos pagado para adquirir el Lada cuando nos autorizaron a comprarlo.

LIBERTAD

Entretanto, había cumplido ocho meses de embarazo, y ¡tantos episodios amontonados en mi cabeza! Uno de los más conmovedores, nuevamente acallado por las autoridades, fue el hundimiento en medio del océano del remolcador *Trece de marzo*, con setenta y pico de personas a bordo, entre ellas murieron cuarenta y pico, se dice que veintitrés o doce niños —no se sabe bien— perdieron la vida, porque aparecieron sólo doce cadáveres de los de los niños. A golpe de manguerazos y encontronazos, naufragó la embarcación, la cual era bastante antigua y había sido desautorizada a navegar por causa del estado deplorable en que se hallaba. Las familias, desesperadas, perpetraron el robo y en ella se disponían a huir a Miami. Semanas más tarde las lanchas de transporte urbano, que comunican a La Habana con los pueblecitos de Regla y de Casablanca, fueron secuestradas por idénticos motivos: escapar del infierno socialista hacia el «sueño americano». Algunas pudieron lograr su objetivo, otras fueron interceptadas. En el enfrentamiento un policía resultó muerto de un balazo. No sabría decir quién puso el muerto, si realmente los insurrectos, como regó la versión oficial, o si la policía misma lo asesinó para anotarse un héroe.

Por esos días había ido a La Habana Vieja a comprar yogur en el mercado negro, de regreso tuve la idea de pasar por la casa de las tías del coronel Santana, en Casablanca. Al fin y al cabo, ellas me habían dado la dirección porque habían previsto que, en el futuro, tendrían que ayudarme. No se equivocaron, sólo que estaría más agradecida si me hubieran alumbrado por anticipado sobre los hechos; al menos no me habrían cogido de sorpresa. Al llegar al muelle de Casablanca, encontré unas miles de personas concentradas frente a la bahía. Pregunté, ya en estado de excitación, el motivo de tal tumulto:

—¡Suspendieron las lanchas, esto está del carajo, y figúrate, tampoco hay guaguas, nos van a volver locos! —respondió, muy airado, un tipo al cual no me había dirigido.

Bastó esa frase. Los rostros petrificados, conteniendo años de años de cólera reprimida, se desataron en gritos, en improperios, pero sobre todo, en reclamos desgarradores de:

—¡Libertad, libertad, libertad, libertad!

Cientos de policías, vestidos con uniforme, otros

de civil, aparecieron empuñando armas verdaderas, pistolas, porras, cuchillos. La gente buscó palos, piedras, sin dejar de vociferar. Un policía vino hacia mí, arrancó la bolsa de mis manos, pretendiendo que escondía algo menos inocente que cuatro litros de yogures. Tiró la jaba contra el suelo. Los pomos se rompieron y el yogur blanqueó el asfalto. Le fui para arriba como una fiera. Él, más asustado que sorprendido, esquivó mi agresión. Detrás de mí la multitud se desgañitaba:

—¡Hambre, hambre, hambre, hambre!

Otro de los policías vino a desapartarnos, al agarrarme por los sobacos lastimó mis senos y sentí un nudo en mi barriga. Un hombre salió en mi defensa. Ahí comenzó la piñazera. Una mujer con un niño cargado avanzó hacia el Malecón, pidiendo libertad a voz en cuello. La muchedumbre se alineó, y ella y yo formamos las puntas de la cabeza de la manifestación. No recapacitaba, chillaba desaforada, al igual que los demás:

—¡Libertad, libertad, libertad, libertad!

Nos apoderamos de todo lo largo y lo ancho del Malecón. Los rostros fulminaban enrojecidos, sudorosos y cubiertos de lágrimas, las venas del cuello a punto de reventar, los brazos en alto, las piernas hormigueantes. Desde los balcones la gente apoyaba, y hubo quienes descendieron y se sumaron a la manifestación. A la altura del hotel Deauville, divisamos camiones repletos de militares atravesados en la avenida, y otros camiones con hombres vestidos de civil. Antes de que llegáramos, estos tipos sagaces bajaron y, sacando palos del interior de sus ropas, comenzaron a destrozar autos, vidrieras, y cuanta barrera encontraron en su camino. Luego se nos encimaron. Nosotros continuamos adelante. Uno de ellos se aferró a mi muñeca y arrastrándome hacia la calle Galiano, antes de tirarme dentro de un carro de policía, me espantó un galletazo obligándome a callar.

Arreció el tiroteo. El auto arrancó y fui conducida al hospital. Junto conmigo entraron otros detenidos; a un muchacho lo habían alcanzado de un balazo, del hueco de la nalga salía un chorro de sangre como vino de un tonel; mujeres amoratadas, con las ropas desgarradas, niños terriblemente traumatizados, hombres con cráneos abiertos. Los médicos, al auscultarme, aseguraron que estaba en perfectas condiciones. El mismo tipo del bofetón me introdujo a la fuerza en otro auto.

En una oficina churrupiera, entrecortada la respiración por el encono, comenzó su amenazador discurso:

—Primera y última advertencia: si sigues manchando la memoria de tu esposo, irás presa, con barriga y todo. ¡Basta de aguantar tus andanzas con facinerosos, sidosos, y enemigos de este país!

Supongo que sonreí, abstraída en mis reflexiones,

imaginé cómo podría haberme metido presa sin la barriga, cómo la podría haber arrancado. Sospecho que repetí la sonrisa:

—¿De qué coño te ríes? —inquirió con los puños apretados y apoyados sobre el buró. A esta gente lo que más le molesta es la risa, la felicidad.

No respondí. Abrió la puerta invitándome, ahora amable en extremo, a partir:

—Espero tu arrepentimiento y autocrítica. Recuerda que eso que llevas en el vientre es el hijo de un revolucionario, de un héroe. —Puso su manaza en mi barriga, sobándola indecente.

Dándole la cara, tomé un pisapapeles del buró y lo golpeé en la cabeza.

—¡Es mi hijo! ¡Por él decido yo! —grité al borde de cometer un crimen.

Esta vez el oficial no me escoltó, ni siquiera a la escalera. Yacía sangrante en el suelo. Le tomé el pulso, aún latía, salté por encima del cuerpo y huí.

Estaba a punto del desmayo, sentía miedo y tenía el cuerpo molido. Por suerte, distinguí un carro Nissan con chapa de turista, agité la mano; pasó despacio junto a mí, hice señas preguntando si podía darme un aventón. El extranjero aceptó sin poner reparos, no se detuvo hasta en la misma puerta de la casa.

LA FUGA

Anochecía, encendí la televisión. En las imágenes —las cuales serían censuradas después en la última emisión del noticiero— de la manifestación, no me vi, en ninguna de ellas, tampoco a los que habían estado junto conmigo. Sin embargo, pude comprobar que algunos de los que protestaban contra el gobierno antes de que empezara la revuelta ahora lo vitoreaban frente a las cámaras. Pasaron rápidamente a las noticias internacionales, informaron, en detalle, sobre los horrores de Ruanda.

Detrás de mí, a través de la ventana, allá en la playa, la gente preparaba sus balsas, dispuestos a hacerse a la mar, a abandonar para siempre la isla. Apagué la tele. Tomé un baño, mientras acariciaba mi descomunal panza, pensaba en cuán incierto sería el futuro de esa criatura que tanto se agitaba en mi interior. Perdí el miedo. Devoré unos espaguetis hervidos con sal, sin salsa, que la vecina había dejado en el refrigerador. Terminé de comer y aseé mi boca con un chorro de limón. Vestida cómodamente, fui a devolver el plato, en el camino tuve una loca idea. ¿Para qué quería un automóvil, si no sabía manejar?

Quise salir por el frente de la casa, pero vi un carro patrullero estacionado en la entrada, y a unos policías preguntando por mí. Contaron a la vecina que venían a buscarme porque había golpeado a un compañero de ellos, tenían la orden de detenerme. Mi vecina, engañándolos, y gritando para que yo pudiera escucharla, les aseguró que me había marchado a casa de mi madre, que veían luz en el interior porque yo había olvidado apagarla. Al cabo de un rato partieron, desconfiados. Escapé por el patio y entré en la casa de al lado por la parte trasera.

Pedí al marido de mi vecina papel y lápiz, después, que me acompañara en el auto a casa del coronel Santana. Así lo hizo. Busqué dentro de la guantera los documentos del auto. Parqueó junto al portalón de la casa de mampostería y de tablas, entregó las llaves, y se perdió en la oscuridad de la calle, de vuelta a su hogar. Toqué varias veces, la casa estaba en penumbras, el coronel dormía temprano. De un callejón salió un grupo de personas con una balsa artesanal sobre los hombros, eufóricos cantaban, se despedían del vecindario, recibían amuletos para la suerte, virgencitas de Regla, de la Caridad del Cobre, oraciones escritas en papeles enrollados... Insistí con los nudillos, por fin el coronel contestó:

—¡Ya va! Coño, quién carajo será a esta puñetera hora...

Oí el chirrido de las ruedas de su silla de inválido. Embutido en su propio cuello, despeinado, en camiseta, apareció Santana por el filo de la puerta entreabierta:

—Ah, miren quién es, la barrigona... —se burló, al mismo tiempo avergonzado de su facha—. Pasa, entra... no te quedes como una energúmena.

En el interior de la casona apestaba a cabo de tabaco y a cicote. Esta segunda peste era absurda, dado que a Santana le faltaban las dos piernas con sus respectivos pies. Como si leyera en mi pensamiento comentó:

—¡Hay tremenda peste a pata, las chancletas de mis tías están que cantan solas! —Encendió el mocho de tabaco—. Disculpa lo pesado que fui la vez que viniste, no tenía bueno el día... De lo otro no quiero hablar... no hay que hurgar en la llaga. —«Lo otro», supuse, era el accidente de mi esposo—. Bueno, dime, qué te trae por aquí...

—Vengo a cambiarle el carro por el bote. —Tiré las llaves encima de la mesa de cristal, el título de propiedad, y una carta firmada por mí cediendo el auto a un mutilado de guerra.

—No jodas, chica, no me digas que te vas a tirar

al mar en ese estado... Además, estás cambiando la vaca por la chiva. Ese bote está todo destartalado. Con él no haces ni una milla. No solamente vas a arriesgar tu vida, sino además la de tu hijo.

—¿Aquí no dicen que «patria o muerte», cuál es la diferencia? —increpé, clavándole autoritaria la vista.

Tradujo que estaba más que decidida a llevar a cabo mis planes. No profirió segundas frases, siempre impulsando las ruedas con sus callosas manos se dirigió a un armario empotrado en la pared, de su interior extrajo un motorcito japonés marca Yamaha de cinco caballos de fuerza, una brújula, sogas, mantas, tejidos aislantes, martillo, serrucho, clavos, y todo lo humano y lo divino que hiciera falta.

—Empújame hasta la playa, te ayudaré —afirmó, poniéndose una zarrapastrosa camisa—. Mejor das el carro a tus vecinos, si necesito trasladarme, ellos me llevarán a donde yo quiera. Además, ¿con qué pie voy a pisar los frenos y el cloche?

Nos doblamos de la risa. Extendió un bolígrafo para que cambiara su nombre por los de mis vecinos en la carta donde yo le cedía el auto. De pronto nos dimos cuenta de que estábamos cometiendo un error.

—A ellos se lo quitarán en cuanto sepan que me fui. Contigo, como que eres héroe, no se atreverán.

Aceptó, dándome la razón asintió con la cabeza, echó las herramientas y lo demás en un saco de yute que contenía ropas adecuadas para la travesía, fue chirriando las ruedas hasta la puerta, abrió y pidió que lo empujara a la playa.

Debía pasar antes por la casa, necesitaba recoger algunas cosas de importancia sentimental. Por encima del empedrado trillo se dificultaba el transporte de la silla de ruedas con el coronel encima; no sé cómo no parí haciendo semejante esfuerzo. Dicen que a los ocho meses los fetos se aferran más al interior, quizás reconozcan que muy poco les queda de resguardo, y ahí dibujen su primer boceto del espanto. Al pasar frente a la glorieta que abriga el busto de Ernest Hemingway, el coronel comentó: «¡Ay, Papá Hemingway, quién iba a decir que serías testigo de semejante espectáculo: un inválido y una loca preñada preparando la fuga...! No, no, yo no me voy, quiero ver el final de la película... Pero a ella, la vas a tener que ayudar, sé que tu espíritu anda por estos mares. ¡Ayúdala, coño, porque si no no te traigo más buchitos de whisky! ¡Con lo que me cuesta conseguirlo! Si no fuera porque perdí las dos patas, el gobierno no me mandaría ron y whisky. Y eso, de vez en cuando, bastante tengo que chicharronear para que me manden la guafa.»

El coronel esperó fuera de mi casa, incluso en la acera de enfrente. Entretanto, metí en un bolso mis recuerdos imprescindibles: las fotos de Ernesto y de mi madre, una con Ruth y Benjamín, el juguetico de goma que me habían regalado. En un nailon eché a todos mis santos: el Elegguá, la virgencita de las Mercedes, la de Regla, mi querida Caridad del Cobre, mi viejito milagroso: san Lázaro. Añadí un galón de agua hervida, un nailon de caramelos, y otro de limones, guayabas, ciruelas, tres aguacates. No olvidé la radio portátil, las baterías y la linterna. Cuando hube recogido lo necesario, me dirigí al teléfono y marqué el número de Consuelo, exclusivamente para escuchar su voz y colgué.

A esa hora de la noche la playa estaba repleta de gente. De distintos lugares, de los más recónditos de la ciudad, llegaron familias enteras para largarse en balsas artesanales que transportaban en camiones. Antes de echarse a la mar, saludaban con flores blancas y azules a Yemayá, diosa y madre de las aguas de mar. Nadie reparó en nosotros, estaban muy entretenidos en sus propias ceremonias religiosas, quehaceres, en maniobras con las embarcaciones, y en las despedidas de los restantes parientes que, ya fuera por la avanzada edad, o por enfermedad, o por terror, habían decidido quedarse. Así y todo, ancianos, mujeres con bebitos en brazos, y niños de la mano, subían a montones en las balsas.

Arrastrar la silla de ruedas por la arena, con los bultos encima del coronel Santana, fue una odisea; casi tan difícil como atravesar el océano. Finalmente arribamos al escondrijo. Estaba inquieta por el regreso del inválido a su casa; insistió en que no debía preocuparme, armaría un escándalo y a sus lamentos acudiría cualquiera a socorrerlo.

Extrajo del saco ropa de invierno, un pantalón de jogging de lana, un suéter muy grueso, guantes, medias gordas, botas de goma. Recomendó que entisara mi barriga con el tejido aislante, luego que me vistiera con la ropa de invierno; hasta encasqueté un gorro ruso en mi cabeza. Siguiendo sus intrucciones, instalé el motorcito en la popa, con una simple manigueta podría echarlo a andar. Todas las manipulaciones tuve que realizarlas sentada, a causa de la panza no podía agacharme, ni inclinarme mucho. Santana engrasó las sogas para que no cortaran las manos, las quillas y los remos con aceite de hígado de tiburón robado de la cercana fábrica. Aseguré con clavos sangandongos los costados, los asientos, el piso; claveteé hasta que caí extenuada. Coloqué el nailon con los santos en la proa, para que guiaran y atrajeran la buena suerte. Debajo del asiento coloqué los víveres.

El bote era el clásico de pescador, dos asientos, dos remos. El coronel pidió que cortara gajos del largo del mismo; construimos, entre los dos, flotadores naturales. Amarrados a los costados, asegurarían mínimamente la estabilidad en el oleaje. Una vez claveteados y anudados estos flotadores, el viejo volvió a dar instrucciones: «Vete hasta la cerca de púas, pégate a ella; cuando las olas te den por los tobillos, caminas hacia adentro contando doscientos cincuenta y cinco pasos normales, ni muy cortos, ni muy largos. Escarba en la tierra, no se te ocurra encender la linterna, descubrirás que la cerca está zafada en esa zona, levántala de un tirón. Entrarás, corriendo a toda velocidad hasta el almacén. Hay un guardia del otro lado. El candado se abre con esta llave. Sí, sí —afirmó cuando interrogué, extrañada—, de comemierda no tengo un pelo, me quedé con un juego de llaves de la unidad militar... Pues metes la llave y de un golpe hacia la derecha tiras hacia abajo y ya está, no puedes apendejarte ni un segundo. A la entrada encontrarás bidones de diez, veinte, y hasta treinta y cuarenta litros de gasolina, intenta cargar lo más que puedas. Dale, ¡p'a luego es tarde!»

Seguí sus recomendaciones al pie de la letra. Sólo que correr con ocho meses de embarazo no permitía mucha agilidad. Llegué con la lengua colgando; al tomar el peso del recipiente de cuarenta litros no podía ni dar un paso, cogí uno de veinte. Regresé casi a rastras.

«¡Eres una leona! —exclamó, pero al verme sudando, con el bofe casi afuera, preguntó, lastimero—: ¿Seguimos o no? ¡Carajo, se me ha puesto ceniza la chiquita esta!»

Respondí terca y positivamente; que sí seguíamos, que no podíamos parar. Vio la cantidad de gasolina que había traído y su rostro ensombreció. No era suficiente, eso quería decir que tendría que salir remando y encender el motor a unas cinco millas. Remar lo más que pudiera.

Instalada en el bote, imité el movimiento de los remos para constatar que mi barriga no sería el obstáculo mayor. Aunque de comodidad no podía hablar, pero con sumo esfuerzo lo lograría. Vi el terror en las facciones chupadas, en los ojos hundidos del coronel. Preparé minuciosamente la partida. Antes de subir a la embarcación fui hacia él y lo abracé. Permaneció estirado en su silla, como todo un militar. Son iguales en todas partes, nunca demuestran sus sentimientos en el momento oportuno.

«Rema, rema suave; acompasado, no gastes energías de más... Duerme, si puedes... —dijo al tiempo que colocó en mis manos un cuchillo y una pistola macarov—. Le quedan tres balas, las guardaba para vaciármelas encima, pero me arrepentí... Ojalá no te hagan falta.»

Parada encima de popa, comencé a impulsar la embarcación con una vara larga que afincaba en el fondo submarino. El agua rutilaba a causa de la claridad lunar y de la noche estrellada. Al pasar por la Puntilla, el policía de la garita dio la espalda haciéndose el chivo loco. La autorización para escapar por mar, como consecuencia de los secuestros de lanchas, se había hecho efectiva hacía pocas horas. Hasta el momento, las salidas ilegales se castigaban con condenas de largos años de cárcel.

Cuando logré cruzar el cinturón de la playa cojimera respiré el mar abierto. Tuve que empezar a remar, lenta, tranquilamente. A lo lejos, oí los gritos del coronel Santana pidiendo ayuda para que alguien se atreviera a conducirlo a su casa a través de la pedregosa y arenosa playa. Sonreí, con toda plenitud de ternura y de libertad. Al rato, de la orilla, llegó un coro lejano, un canto acompasado, respetuoso, bellísimo, el himno a la diosa dueña del vasto océano: *«Asésu Yemayá, Yemayá Asésu, Asésu Yemayá, Yemayá Asésu.»*

Al ritmo de ese canto remé, remé sin descanso. Empezó a enfriar. Enfrente, sólo tenía un muro negro, encima, el cielo pecoso de luceros, detrás quedaban las costas cubanas, como una línea horizontal de luces y árboles diminutos.

Extenuada, sufrí calambres en la barriga, por momentos formaban una pelota, como un nudo, de un solo costado. Hube de parar y estirarme acostada en el suelo, con los brazos por encima de la cabeza. La majestuosidad del cielo atemorizaba. Pero el sonido del mar, la melodía dulzona y borboteante de la ondulación de las olas embotó mis sentidos. No me dejé vencer, incorporada reanudé los golpes de remo. En medio de la noche, de la negrura del mar y del horizonte, hablé y mi voz resultó ridícula, anacrónica, en medio del silencio o de los sonidos naturales aislados.

Pensé en Ernesto, él no estaría de acuerdo, sino más bien avergonzado de mi actitud. Sentí culpa, inseguridad, irresponsabilidad por arriesgar a la criatura que llevaba en mi vientre. Experimenté un miedo semejante a una enfermedad mortal. «Quien no se arriesga no cruza el mar», recordé la tarde en que jugábamos a los refranes. Viré mi rostro hacia atrás. No, no retornaría. La realidad no daba para más, debía intentar otra. Estaba segura de que me salvaría. Así piensa uno cuando ignora en gran parte las trampas del mar.

Escuché el noticiero, ambos gobiernos se enviaban mutuos mensajes y discursos de aparente reconciliación. En cualquier momento acabarían poniéndose de acuerdo y volverían a cerrar las fronteras. Remé con euforia. Apagué la radio porque por su culpa comencé a desesperar, noté que tenía agitada la respiración. Los calambres anudaron mis venas. Tumbada en el piso, fui aliviándome poco a poco. Pero esta vez quedé rendida. Soñé que una aura tiñosa, horrible y enorme, vigilaba mi cuerpo con ganas de picotearlo, parada en el canto de estribor, con las alas abiertas tapaba el resplandor. En el sueño pensé que era imposible, pues se trataba de una ave de tierra.

Desperté con una hambre de mil demonios, mareos, debilidad. En lugar de una aura tiñosa, quien espiaba era una gaviota de esplendoroso plumaje blanco, erguida en el borde de estribor; a contraluz parecía colosal, divina. Sin demasiado aspaviento echó a volar. La aurora lucía su generosa luminosidad rojiza. Busqué de inmediato la orilla, el oleaje me había empujado nuevamente en su dirección. Maldije, furibunda, a todos los dioses, sin probar bocado remé, remé, remé. No podía angustiarme, no debía enloquecer.

A las dos horas, al borde del desmayo, bebí agua, desayuné una guayaba y un caramelo. Remé, lentamente, al ritmo del himno a Yemayá que resonaba en mi recuerdo. Tenía los músculos tiesos debido a la frialdad de la noche. A medida que el día fue levantando, mis brazos y mis piernas fueron encontrando su temperatura, su calor habitual. A las diez de la mañana el sol comenzó a castigar. Consultaba la brújula a cada rato, iba en la dirección correcta. Después, me dije que debía olvidar un poco ese maldito instrumento, también me sacaba de quicio el depender tanto de sus pronósticos.

Doce del día. El hambre serruchaba mi estómago; el mar centelleaba ante mis ojos por culpa del cegador sol, y de los vahídos. Devoré los aguacates, ennegrecidos a causa del calor, ciruelas, caramelos, agua. Eché a andar por primera vez el motor, no estaba en condiciones físicas de remar más, todo mi cuerpo temblequeaba como consecuencia de la pérdida de fuerzas; sin embargo, la barriga no me molestaba, no impedía mis movimientos. El bote avanzó a velocidad increíble.

Estaba justo en el centro del día, como en el centro del mar, y las olas empezaron a variar, a hacerse extensas, en una amplitud que amenazaba con aumentar en volumen y en altura. La sinfonía del oleaje ensordecía. Busqué el viento, sabía que tenía que observar con detenimiento al viento; intenté esquivar su ataque frontal y de un revirón tomé en dirección noroeste. Alrededor de las dos de la tarde el mar se aplacó. Ya me extrañaba que enfureciera a mediodía; en todo caso, era mal presagio.

Había avanzado unas seis millas. En distancia no quería decir mucho, en tiempo significaba una eternidad; sin embargo, al estudiar el reloj sólo eran las cuatro y media de la tarde. Otra vez amenazó el batuqueo en remolinos del mar, y los vaivenes me hicieron vomitar. Tenía el estómago revuelto, y el calor achicharraba. Enfundada en los abrigos y en el pantalón de lana, mi cuerpo bullía; la resequedad del salitre estiraba la piel de mi rostro. A pesar del gorro, el cráneo se asemejaba a una sartén, si hubiera colocado un huevo en mi cabeza, podría haberlo frito. al instante. Sufrí un arrebato, una especie de crisis incontrolable, y quise desembarazarme de las vestimentas de invierno, pero recordé los consejos del coronel; debía evitar las quemaduras solares.

Las olas montaron como merengue batido, la espuma de sus crestas inquietaba y mis labios sangraron de tanto morderlos y rascarlos. Los vaivenes eran más y más amplios, continuos y altos. ¡Suerte los flotadores! Ellos evitaban que un bamboleo volcara el bote, pero al mismo tiempo me lanzaban en otra dirección. Maniobré, limitada por el terror, pues en el firmamento divisé la silueta de la luna muy cercana del sol poniente.

No hay remedio, basta que sintamos miedo para que oscurezca a la velocidad de un cohete. Fue una noche negra, sin estrellas arriba, sin luces detrás en las desaparecidas costas. Pude adivinar que, pese a tanto bregar sin control, había avanzado bastante. Pero la sensación de no percibir más que oscuridad, de estirar la mano y no ver los límites, de sentir que yo existía y no poder descubrirme, oprimía el corazón; los latidos del mismo asfixiaban, único sonido junto al gorgoteo de las olas.

Comí tanteando y devorando los alimentos, por el peso del galón me di cuenta de que debía planificar el ahorro de agua. No bien me invadió esa reflexión, una llovizna, primero muy fina, y después gruesa y cerrada, empapó mi cara. Cubrí el bote con los trozos de tejido aislante, cobijada debajo, apagué el motor asumiendo el riesgo de atrasarme nuevamente. Confié mi suerte a los rezos. Llovió irasciblemente, relampagueó, los truenos me arrancaron lágrimas de arrepentimiento. Las olas, sin embargo, no fueron tan monstruosas; se trataba exclusivamente de un aviso de tempestad.

En estos casos, el odio al peligro es quien guía los instintos, y sustituye de súbito a la meditación. Me destapé, arrebujando en una esquina las telas aislantes, y comencé a remar, cortando la vasta oquedad que dejaba el oleaje cuando se retiraba. Una vez que la cresta de la ola se alisaba, ahí aprovechaba y remaba, maniobrando desesperada y a tientas, en resultado del cronometraje latiente de mis nervios y de los embates del océano que, repito, no fueron esa vez tan violentos.

El aguacero duró toda la madrugada y bogué, evitando pujar, con los dientes apretados concentraba la fuerza en los brazos y en las piernas, para no provocar un adelanto del parto. Supe que amanecía por el color plomizo del agua, los remolinos no habían cesado, pero tampoco habían aumentado. Amarré la palanca del motor con una soga de babor a estribor, para mantener la dirección norte en lo que descansaba, prendí el motor y me tumbé a lo largo, debajo de los asientos. En esta posición comí otro aguacate podrido, ciruelas y chupé limón para el mareo y la sed. El sol estropeaba la comida. Era raro que no me hubiera tropezado con ninguna embarcación en el trayecto. Recurrí a la brújula, seguía en el buen sentido. De todas formas, desconfié. El olor salado de la brisa marina impregnó la atmósfera y, observando hipnotizada el paso de las nubes, volví a caer en profundo sopor, el sueño retaba y vencía. Dormité. Al rato, no sé cuánto rato, una nueva sensación de hambre mezclada con el pánico me despabiló. Tuve retortijones de estómago.

Violentas ganas de hacer caca me despertaron a punto del espasmo. Hasta ese instante había orinado por la borda. Cagar en el mar siempre me ha parecido indecente. Defequé en un nailon; extenuada, descubrí unas manchas sanguinolentas en los excrementos. No me alarmé, más bien lo hallé normal dado el esfuerzo que estaba realizando. Lancé el mojón por la borda, no sin escrúpulos y pudor.

Mezclar el perfume marino con la mierda constituye un sacrilegio. Higienicé mis partes que, después de haber defecado en el océano, habían dejado de serlo, para vulgarizarse y retomar sus nombres directos: culo y raja. Queriendo acariciar mi clítoris, al tacto, sentí mi sexo demasiado inflamado, pero también lo achaqué al brío físico. A pesar de las vestimentas que protegían mi piel, ésta ardía agudamente. El calor y la lana cocían mis muslos y mi espalda. En las manos emergieron ampollas de agua a pesar de la protección de los guantes. Tenía los párpados hinchados y la boca reventada de tanto pasar la lengua por los resecos y despellejados labios. De la bolsa de los santos extraje manteca de cacao y empavesé mi cara con la pomada.

La soga que controlaba la palanca de mando, simple timón inventado por mí, terminó por quebrarse. La manigueta comenzó a moverse de un lado a otro, apagué el motor. Chirrió raro, como expirando. Un viento iracundo hizo zozobrar el bote. Entonces fue cuando las olas de un azul muy oscuro se encresparon. Fijé mis pupilas en las agujas del reloj, pronto serían las cinco de la tarde; no creí posible que hubiera dormido todo el día, sin comer, sin el menor síntoma de hambre. El cansancio había vencido todas las demás necesidades. Divisé en la transparencia del oleaje una asquerosa e inmensa agua mala.

Los vientos de proa obligaron a poner atención, una ola arremetió de frente y escoró el bote, trocándome el rumbo. El cielo ennegreció, una cortina gris a lo lejos daba cuenta de que la tormenta se aproximaba, los rayos rompían silenciosos contra el horizonte. El trueno, irascible, partía los tímpanos.

Aseguré los remos con doble nudo. Amarrada al asiento por las piernas y el vientre, avancé con suavidad, remando aparentando que el miedo no me embargaba, con los cinco sentidos puestos para enfrentar la tormenta. Logré enderezar la embarcación hacia el norte. Cortaba frontal las rizadas olas, lo que hacía que por segundos me hallara en plena levitación en el aire y cayera sobre las hondonadas azul oscuro.

Rogué en voz alta; mis plegarias se dirigían a todos los dioses habidos y por haber: griegos, católicos, yorubas. Entrelazaba y confundía a Yemayá con Neptuno, a la virgencita de Regla, es decir, Yemayá otra vez, con Oshún, quiero decir, la virgencita de la Caridad con Venus Afrodita, al niño Jesús con Ulises y Elegguá, a san Lázaro, a Changó, al niño de Atocha, a Oyá... Padre Nuestro, Santa María, Madre de Dios... Armé un arroz con mango, que ni yo misma entendía lo que rezaba. La barbilla me temblequeaba de frío y terror. Rompió a llover con toda la furia del temporal. El viento, rabioso, levantaba olas de dos metros de altura. Por más que remara, la locura demoníaca del océano empujaba el bote hacia atrás, el filo del oleaje amenazaba con partirme los remos, decidí protegerlos. El Caribe se mostraba en desafío absoluto, haciendo gala de su tremebunda impetuosidad. No había manera de dominar la corriente, fui remolcada en el festín del huracán. Cerré los ojos y me creí engullida por un torbellino de agua. Si no hubiera estado amarrada, habría saltado al mar, en ese minuto hubiera preferido desaparecer en la borrasca.

Durante la noche fui arrastrada por el ciclón, en la mano izquierda apretaba el nailon que contenía los santos y el cuchillo, en la mano derecha sostenía la pistola. Lo demás, fotos, radio y víveres se los había tragado el temporal. Con los antebrazos y las piernas pinchaba los remos, lo cual imponía que permaneciera esparrancada. De súbito sentí que la criatura se recogía en el bajo vientre, y me atacó como una especie de latigazo en la vagina. Una ola arremetió de costado y me golpeé la cabeza. Las olas cruzaban por encima de mí, busqué protección en el bolso de los santos, queriendo tocarlos uno por uno. En el fondo algo brillaba, ¡el diamante! El vendaval arreció. Recé desaforada en aullidos, como una demente en crisis total.

De la cresta de una ola surgió una llamarada que fue apagada por un relámpago. ¡En medio del cielo, guiándome, reinaba esbelta la Virgen del Cobre, cubierta con un manto azul bordado de mar!

Adiviné la hermosa sonrisa serena de dientes marfileños resaltando en el moreno rostro. Brillaba como ébano recién pulido, chorreaba agua de su pelo negro y largo como seda china, su mirada era una mezcla de dureza y zalamería en los ojos rasgados y verdiamarillos. A pesar de la paz de su cara, controlaba con firmeza el endemoniado mar. Los tres juanes: Juan indio, Juan negro y Juan criollo, remaban a los pies de la diosa, con toda la viveza de la juventud de sus músculos. La virgen, igual que en las estampitas, llevaba en brazos al niño. «¡Virgencita del Cobre bendita!», exclamé, envuelta en el éxtasis provocado por el más hondo de los miedos: el de la muerte. Perdí el conocimiento.

EL PIE DE LA LUNA

Por la mañana la pesadilla había terminado, el sol reinaba altísimo y se reflejaba iridiscente en el limpio y transparente océano. Sin duda, había soltado la pistola, pues no aparecía por ninguna parte. En una esquina de popa estaban regados los santos; el brillante fulguraba entre la ranura de una tabla. Los amarres en las piernas, y alrededor de mi vientre, habían cortado las vestiduras y la piel. Al separarme la soga de la barriga sentí un penetrante dolor, pude darme cuenta de que el tejido aislante estaba incrustado en la carne. De inmediato, removí la panza para sentir a la criatura, respondió pateando deliciosamente.

Liberada de las sogas, recogí los santos y el diamante. Quise mirar el mar a través de la piedra, pero lo que descubrí fueron restos de otras balsas. Fragmentos de cuerpos, brazos, piernas, el cuerpo mutilado de un niño. Chillé, horrorizada, lancé el brillante contra el mar. Vomité, creí enloquecer. Tuve la certeza de que moriría como ellos. Detrás de los despojos humanos aparecieron tres tiburones. El motor no respondió a mis intentos de ponerlo en marcha. Apreté los remos y avancé, enmudecida de terror. Los escualos escoltaban mi trayecto.

Un sonido diferente hizo que levantara la vista al cielo. Era la avioneta de rescate, proveniente de Miami. No quise hacer señales, no me atrevía a moverme a causa del pánico a los tiburones. No sé de dónde saqué fuerzas, pero sin dejar de remar, grité invirtiendo la última gota de aire de mis pulmones para que me descubrieran. Aunque no pudieron oírme, ya habían reparado en mí. Pidieron que aguantara unos minutos más. Estaban avisando por radio a una embarcación. Media hora más tarde, frente por frente, apareció un yate. Los tiburones continuaban persiguiendo a unos metros de distancia.

No pude reunir fuerzas para subir, las manos resbalaban, las piernas no respondían. Un pescador bajó por la escalerilla y me cargó en vilo. A bordo, los médicos y una camilla esperaban por mí. En seguida supe que me habían hallado a veintitrés millas de las costas cubanas, pero que en vez de conducirme en dirección a Estados Unidos regresábamos a la Base Naval de Guantánamo. Así lo habían decidido los respectivos gobiernos. Ni siquiera pude llorar. La ira dio lugar a los primeros retortijones, a las contracciones desmesuradas y acompasadas de mi vientre.

En ese estado arribé a la base. Fui conducida con toda urgencia a un hospital improvisado. Las enfermeras despegaron las ropas de mi cuerpo, la piel partió con ellas, mi panza estaba en carne viva, las piernas, los brazos, la espalda, completamente llagados. Ahí también supe que pariría jimaguas. De un solo pujo nació la primera criatura. Varón. Acariciándolo pronuncié su nombre: Benjamín. Estaba muerto.

—Lo siento mucho, lo siento, de veras... —El médico me abrazó.

Un nuevo dolor casi me tumba de la colchoneta.

—¿Y a la niña, cómo le pondrá? —inquirió el doctor, orgulloso, mostrando a la bebé que de otro pujo acababa de expulsar—. ¡Está viva, viva! —exclamó, meciéndola con entusiasmo.

Reí sollozando, su calor encima de mi pecho. Rememoré aquella tarde en la iglesia, cuando mis amigos y yo nos confiamos nuestros mutuos padecimientos; respondí al instante, sin dejar de reír:

—Ruth, se llamará Ruth.

El médico elogió, emocionado y satisfecho, mi comportamiento durante el parto, y también durante la travesía.

—Lo peor ya pasó; ahora debe tranquilizarse. Recemos para que todo se arregle pronto y puedan viajar rápido a Estados Unidos —aconsejó con tono benefactor.

Observé el cadáver de Benjamín, mi primer hijo, besé sus párpados hinchados y tiesos. El doctor me lo arrancó de las manos. No, no, no, por favor. En seguida, para consolarme, me trajeron a la niña. Entonces, observando sus pies pequeños recordé los de su padre, los de ella eran muy parecidos, sorprendentemente iguales.

A la semana fui trasladada a la carpa. Transcurrieron más de nueve meses. Dormíamos en literas. Mi niña enfermó, las condiciones higiénicas eran terribles. No, la crueldad no podía llevarse también a mi hija. Luché como una fiera. Vencimos.

El maldito calor, y tantas personas exasperadas hablando siempre de lo mismo, de sus sueños y desesperanzas, me ponían frenética. Esperé, queriendo mantener la calma, pero hubo días en que la indignación me carcomía por dentro; sin embargo, debí serenarme para no agriar la leche de mis senos.

Devoraba las comidas para conservar la salud, y poder cuidar de Ruth. Era como una bestia con su cría.

Dormí poco, y cuando lo conseguía deliraba con pesadillas en las que me veía aún en medio del mar, batallando para conseguir sobrevivir.

Extrañar debilita —la memoria no es más el recuerdo, deviene invención—; aunque no sentía ganas de ver a mi madre ni a nadie, tampoco podía concentrarme en tal sentimiento que me estragaba el alma. Allí, algunos arrepentidos, temiendo que no habría solución, intentaron regresar. No pocos estallaron debido a las minas pisadas que dividen la base del territorio cubano. Fragmentos de cuerpos, sangre, sangre...

De noche, abrazada a mi criatura, no podía evitar llorar de rabia. La luna resplandecía. Luna, también la llamaré Luna.

Aferrada a su infancia, transformé la energía que desprendía la criatura en fuerza constructora de otra realidad, aún anónima, extraña, quizás demasiado ilusoria. Paradójicamente era la rabia la que me impulsaba a permanecer a la expectativa, con la necesidad imperiosa de ganar esa cruzada delirante; de cambiar, de saltar a lo desconocido, con el ardiente empeño de mostrar a mi hija que tal vez podamos vivir de otra manera; dándole legítimo sentido al derecho de estar vivos, de ser humanos. Sin bajar la cabeza. ¡Juro que jamás volveré a bajar la cabeza!

CARTA A MI HIJA

Hija amada:

Hoy desperté con el vientre ardiendo de tierra, soñé que tú vibrabas todavía sembrada en mí, que removías tus brazos a veces revoloteando semejante a una mariposa, otras maltratándome las costillas como un boxeador que eyacula en el instante del triunfo sobre su contrincante.

Abrí los ojos y quedé inmóvil, recordando cuando no eras más que un latido de corazón y yo sacaba cuenta del tiempo, imaginando cómo serías en el 2000.

Ayer se cayó tu primer diente cual una perla goteando de un lucero. En el 2000 cumplirás siete años. Y eres la niña con la que había soñado. Esa cara mía casi repetida en la tuya me asusta tanto cuando preguntas sobre el amor y la muerte. Curiosa, inteligente, atrevida, rasgos conviviendo con la belleza y la audacia, profundizados gracias a la inocencia.

¿Cómo explicarte que un siglo termina y empieza otro? También para mí resulta un peso asombroso la verdad ineluctable de ser finisecular. ¿Cómo decirte lo que pienso de este principio de milenio si en ocasiones es la limpieza de tus ojos la que me devuelve la esperanza? ¡Cuánto quisiera descansar la cabeza en tu vientre puro y juntar mis dudas en tu calor, luego abrir los ojos y hallarme siempre protegida en tu regazo, ya adulto y palpitante, y entonces brindarnos las respuestas cual dos amigas!

Ah, hija, cuánto desearía que vivieras más cercana de la poesía que de la guerra, que tus manos acaricien la tierra y pienses con sabiduría y sin rencores en el dolor del exilio, que tu pecho sea tierno al amor y firme ante tu derecho humano. Anhelo que el siglo venidero, fruto de tantos sacrificios y dolores, conceda lo que siempre se ha guardado en deuda con nuestro sexo, el respeto y el equilibrio. Anhelo que seas una mujer digna y libre en tu época, y que conozcas otros mundos, diversas culturas, y así con sensibilidad honres a la tuya propia, una cultura sólida porque es mestiza. Y ansíes la justicia para los demás como necesitas del aire que respiras para vivir.

¡Cuánto daría para que te devuelvan el sol, las arboledas de los parques, el mar que amparó tus pies al nacimiento, la palma real que te ofrendó su canto en el vaivén de las yaguas, la ceiba que acunó tu cuerpo pegajoso en el perfume que rezuman sus raíces, cual caja de resonancia de los sentidos!

¡Cuánto ofrecería para que tu voz le gane a la culpa y al castigo y escuchen tus preguntas en la ciudad y en las montañas, y vibren las yagrumas con tu caricia de canela y de vicaria, y hasta las nubes transformen tu eco interrogante en lluvia que calme la sed de los pájaros y borre la vileza, y derrita la frialdad de los mármoles!

Intuyo que un día de cualquier mes florido el deseo trepará por tus venas hasta hincharte el suspiro, y la boca se te llenará de colibríes. Las pupilas te brillarán, alumbradas por cocuyos, y la mirada avanzará hacia la silueta de la noche y tu misterio será a imagen y semejanza de paseos soñados por la ciudad recobrada.

O, percibo que te harás grande a la orilla de guardarrayas, bailando al compás de los grillos y de los cañaverales, repitiendo cantos, besos y lecturas. Y te enamorarás a la sombra de la palabra. Y amarás por encima de todo la luz de la palabra. La palabra, hija, es la que ilumina o refresca, es la densidad voluptuosa del espíritu, la que descifra y define, para después envolverte en un enigma superior. La palabra es libertad. Tus piernas se deslizarán a la velocidad del piano hacia esa juventud en donde tus caderas repiquetearán maniguas de amapolas salvajes.

Puede que en una tarde cálida te conviertas en madre y recordarás esta carta cuando empieces a escribir la tuya, yo estaré observándote detrás de la transparencia de la memoria, descorriendo los velos en silencio, murmurando juegos del pasado, viéndote eternamente como a esta niña que acurruco contra mi pánico, besándote el coraje.

Desde que te tengo, pensar en el futuro me hace temblar de miedo y maravilla, entonces redoblo mis fuerzas, pongo la mano en la candela apostando por tu bondad y tu certeza. Con sólo pensar que también tú tendrás hijos, se me agiganta el cuerpo estirándolo hasta el infinito. Y te pienso anciana, hija mía. Y no me encuentro no hallándome ya cerca de ti.

Ayer por primera vez fuiste al museo, dijiste que te gustaba esa muchacha de las flechas, la Diana cazadora, y el pintor que con las frutas creaba rostros, Arcimboldo, y los vestidos de esos novios que pintaba Klimt, y preguntaste por qué hay ese señor repetido en tantos cuadros, con la cabeza coronada de espinas, tumbada a un lado en gesto de dolor, las manos y los pies clavados, las heridas purulentas. Y entonces quise explicarte la historia, y se me hizo un nudo en la garganta, porque hace muchos años, siendo yo como tú eres ahora, me prohibieron la historia, me impusieron el sacrificio, negándome la humanidad.

No olvides nunca las posibilidades que la vida puso en tu camino. No olvides que para conservarlas hay que amar, estudiar, vivir, trabajar.

Esta noche voy a leerte la dedicatoria de José Martí a los versos que escribió a su hijo, en el poemario *Ismaelillo.*

Hijo:

Espantado de todo, me refugio en ti.

Tengo fe en el mejoramiento humano, en la vida futura, en la utilidad de la virtud, y en ti.

Si alguien te dice que estas páginas se parecen a otras páginas, diles que te amo demasiado para profanarte así. Tal como aquí te pinto, tal te han visto mis ojos. Con esos arreos de gala te me has aparecido. Cuando he cesado de verte en una forma, he cesado de pintarte. Esos riachuelos han pasado por mi corazón.

¡Lleguen al tuyo!

En el murmullo del río, como en el de estas palabras, prometí educarte.

A ti, mi Luna del siglo XXI.

París, enero de 2000.

ÍNDICE

OTROS TÍTULOS DE LA COLECCIÓN

MIGUEL BAYÓN
Mulanga

JORGE BONELLS
El olvido

JOSÉ MARÍA GIRONELLA
El Apocalipsis

ROSA REGÀS
La canción de Dorotea
Premio Planeta 2001

MARCELA SERRANO
Lo que está en mi corazón
Finalista Premio Planeta 2001

JOSÉ CARLOS SOMOZA
Clara y la penumbra
Premio Fernando Lara 2001

GEMMA LIENAS
Anoche soñé contigo

ESPIDO FREIRE
Diabulus in musica

JAVIER GARCÍA SÁNCHEZ
Falta alma

FANNY RUBIO
El hijo del aire

JOSÉ LUIS SERRANO
Febrero todavía

CARLOS RUIZ ZAFÓN
La sombra del viento